Assia Djebar

Das verlorene Wort

Assia Djebar

Das verlorene Wort

Aus dem Französischen von
Beate Thill

Unionsverlag

Die Originalausgabe erschien 2003
unter dem Titel *La disparition de la langue française*
bei Éditions Albin Michel, Paris.
Deutsche Erstausgabe

Im Internet
Aktuelle Informationen,
Dokumente, Materialien
www.unionsverlag.com

2. Auflage 2004

Rieterstrasse 18, CH-8027 Zürich
Telefon 0041-1-281 14 00, Fax 0041-1-281 14 40
mail@unionsverlag.ch
Umschlaggestaltung: Vanina Steiner, Zürich
Umschlagbild: Rafik El Kamel
Druck und Bindung: GGP Media, Pößneck
ISBN 3-293-00338-9

Für Djaffar L.,
dessen Liebe zur Kasba mir die Idee zu
diesem Roman gab.

Der blind »Ich« sagt … strauchelt und
in alle Schlammlöcher fällt:
»Es ist der Himmel«, denkt er, »der Himmel,
der sich öffnet.«
Mohammed Dib, »Neiges de marbre«

I

Die Rückkehr

Herbst 1991

Also zittert im Dunkel der Fremdling.
Georg Trakl

Der Einzug

Ich kehre also heute in die Heimat zurück ... »Homeland« sang, tanzte in mir seltsamerweise das englische Wort. Ich weiß nicht, an welchem Tag ich vor dem unübersehbaren, grünen Meer wieder zu schreiben anfing – nein, nicht am Tag meiner Ankunft, auch nicht drei Tage später, nachdem ich in dieses leere Ferienhaus eingezogen war, ich ganz allein und mit ebenso leerem Herzen. Ich wohne im ersten Stock fast ohne Möbel, die Einrichtung ist wirklich spärlich, ich kann mich eben an den Tisch setzen, zum Schlafen hinlegen, in der Küche gibt es ein paar Töpfe und einen Gasherd, dazu eine italienische Kaffeekanne, die abgenutzt, aber »noch brauchbar« ist, genau wie ich im Grunde!

Erster Tag also im »Homeland«, ich bin wieder »zu Hause«, in dem Zuhause, das mir aus dem väterlichen Erbe zufiel. Meine beiden Brüder freuten sich, als ich vorschlug, diesen Besitz direkt am Meer zu nutzen und dafür auf meinen Anteil am Familienanwesen im Stadtteil Hydra von Algier zu verzichten. (Drei Söhne und zwei Töchter, das bedeutete für jeden Sohn ein Viertel, für die beiden Töchter dagegen nur ein Viertel zusammen.)

Und von hier lasse ich meine Fantasie in die Straßen der Kasba fliegen. Damals, kurz vor den »Ereignissen«, wie es die Franzosen nannten, besaß mein Vater ein Kaffeehaus unweit der Altstadtterrassen. Die Welt unserer Kindheit, das war dieses geschichtsträchtige Herz der Hauptstadt. Wir schwärmten von den *imazighen,* den Vorfahren – doch handelte es sich nicht um die Ahnen des Vaters (er war stolz, von den *Chaouia*-Berbern abzustammen) oder der Mutter (sie war in der Kasba geboren, aber ihre Eltern waren aus dem Djurdjura des Atlasgebirges hergezogen, sie sprach kaum noch Kabylisch und fühlte sich als Städterin, bis hinein in ihr gewähltes Arabisch). Dennoch waren diese *imazighen* unsere Helden, türkische Korsaren, die einst das ganze Mittelmeer durchkämmten und vom 16. bis 18. Jahrhundert als »Könige von Algier« herrschten …

Heute also, am Tag meiner Rückkehr, habe ich mich auf die Terrasse direkt vor der Unendlichkeit des flachen Meers hingelegt, und während ich in den Mittagsschlaf sinke, fließt für mich alles ineinander: meine Kindheit, die gestuften Gassen meines Viertels in der Kasba, meine frühreife Liebe zu Marguerite – das einzige »blonde« Mädchen in der Schule –, ja sogar die Piraten aus der Zeit der Brüder Barberousse. Es ist heiß, die Sonne verbrennt meinen Bauch, und ich döse vor mich hin. »Zurückgekehrt«, seufze ich in der Sprache meiner Mutter (im arabischen Dialekt von *El Djazaïr,* wie Algier auf Arabisch heißt), »ich bin zurück, und das

Mittelmeer schaut mich an, ich höre das sanfte Schlagen der Wellen unter meiner Terrasse, ja, ich bin zu Hause.«
»Der Prophet und seine Frauen mögen mich beschützen und mir meine Sünden vergeben«, das würden jetzt die Frauen meiner Familie ausrufen. Ganz erfüllt vom Klang der Stimme meiner Mutter, die gestorben ist, in meinem Herzen aber großen Raum einnimmt, nicke ich ein, mit einem beginnenden Wohlgefühl, es ist wahr, ich lebe, ich lebe wieder bei uns!

2

Berkane ist zurückgekehrt, nachdem er zwanzig Jahre als Emigrant in einem Vorort von Paris gelebt hat. In wenigen Jahren wird er fünfzig. Eigentlich sieht er zehn Jahre jünger aus, dennoch hat er sich plötzlich alt oder vielmehr müde gefühlt, dabei ist er ein Mann in den besten Jahren. Sein Geburtstag am 13. Dezember rückt näher, aber Berkane wird nichts unternehmen, er wird am Meer bleiben, keiner wird ihn an diesem Tag feiern. Bei ihm zu Hause waren die »Geburtstage« nie festlich begangen worden. Auf seine Frage hatte ihm seine Großmutter damals erklärt: »Nein, nicht nur, weil die Franzosen aus dem Geburtstag ein Fest machen.« – »Warum dann?«, wollte der kleine Junge wissen. »Der Prophet möge uns beschützen«, fielen da die anderen Frauen ein, »weil es Unglück bringt!« Berkane war nicht wirklich alt, nicht einmal verbraucht oder gebrochen, wie sollte er sein Gefühl beschreiben: »Ohne Zukunft«? Mit diesen Worten war er eines Morgens in seinem Zimmer in Blanc-Mesnil aufgewacht: »Ohne Zukunft! Ich sehe nichts vor mir, keine Pläne, nichts!« Das hatte er laut feststellen müssen, auf Französisch, während er sich allein in seiner Bleibe im Kreis drehte – das war im Frühjahr gewesen. Einige Zeit davor hatte er seinen beiden in Algerien gebliebenen Brüdern mitgeteilt (der eine ein hoher Beamter, der andere Journalist), dass er gern auf sein Viertel vom Erbe verzichten wolle im Tausch für den oberen Stock dieses Hauses am Meer, auch wenn es ein bisschen heruntergekommen war, aber es lag an einem riesigen, zumeist menschenleeren Strand. Nach der schnellen Einigung mit den Brüdern plante Berkane, für eine Weile zurückzukehren. Er hatte in Paris zunächst gedacht: Den August möchte ich gerne mit Marise dort verbringen!

Noch im März hatte er im Sinn gehabt, zum Sommerurlaub in die Heimat zu reisen, wegen des einsamen Strandes und des hellen Sands, der alles ausfüllte vor der Pforte und der steinernen Treppe, die in das weiße Haus führte.

Ja, und dann … Beim Aufwachen laufen in seinem Kopf fast automatisch die zurückliegenden Tage ab, bis zu dem Augenblick, in dem er seine endgültige Entscheidung fällte.

»Endgültig!«, wiederholt er laut, auf Französisch.

Er denkt überrascht: Jetzt führe ich beim Anblick des Meers schon Selbstgespräche! Dies erschreckt ihn, als hätte er eine heimtückische Krankheit mit plötzlichen unerklärlichen Symptomen entdeckt …

»Ein Rentner, der vor dem Meer deklamiert!«, spottet er über sich selbst, diesmal in der Sprache der Ahnen.

Da stößt seine Mutter Halima in ihm einen langen, rauen, fast wollüstigen Seufzer aus.

Denn Berkane hat sich tatsächlich pensionieren lassen. Alles ging recht schnell: An einem der Wochenenden mit Marise – er hatte gedacht, es würde wie die anderen verlaufen, entspannt und heiter und auch ein klein wenig langweilig – hatte seine Freundin ihm eröffnet, sie wolle ihn verlassen. Zugleich versicherte sie ihm jedoch, dass sie ihn liebe, ihn noch lange lieben würde und so weiter. Zwei Wochen später rief er gleich nach dem Aufwachen am Morgen seinen Chef an (der eine Zentralstelle der Sozialversicherung im benachbarten Vorort leitete). Er erklärte ihm, er sei erkältet und wolle einen Arzt aufsuchen. Doch ging er nicht zum Arzt, auch nicht ins Büro, er irrte stattdessen durch Paris, nahm einen Bus bis zur Endhaltestelle, dann einen anderen in eine andere Richtung, wieder bis zur Endhaltestelle. Schließlich geriet er an einen der Seinekais, ließ sich auf der steinernen Umrandung nieder, und seine Beine baumelten über dem schmutzigen Flusswasser. Er war in einer müßigen oder beschaulichen Stimmung, im Grunde nicht ganz bei sich, die Stunden verrannen bis zum Sonnenuntergang, erst bei Nacht kehrte er langsam in sein Junggesellenzimmer zurück, wo die Stille ihn umfing.

Sein Inneres eine steinerne Wüste oder vielmehr, dies

Bild stieg allmählich in ihm auf, eine hohe Mauer aus dicht gefügten Backsteinen von schmutzig gelber Farbe. Die Mauer wuchs vor seinen Augen empor, um ihm den Horizont zu verstellen, dann verblasste die Halluzination, er atmete tief, raffte sich auf, lief ziellos in den Straßen umher, wieder erschien eine Hamada in seinem Innern, eine Wüste aus grauen Steinen. Die Tage im April dehnten sich dahin, bis der Wunsch ihn nicht mehr losließ, endlich wieder Wellenschlag zu hören. Doch welche Wellen, an welchem Meer? Er glaubte, es sei die Sehnsucht nach den Tagen rauschhaften Glücks während des vergangenen Sommers, die er mit Marise in Saloniki verbracht hatte. Doch nein, das war es nicht, dieses so deutlich gehörte Plätschern drang von weiter her zu ihm, aus einer tief versunkenen Zeit, die nun wieder ans Licht kam: Er erkannte darin das Geräusch des Meers von damals, als er ein kleiner Junge war. Manchmal hatte ihn sein älterer Bruder im Bus mitgenommen, zum ersten Strand westlich von Algier (er hieß Franco Plage und wurde von der weißen Unterschicht und einigen wenigen Arabern besucht). Sie aßen Seeigelrogen, kamen mit verbrannten Gesichtern nach Hause, die Mutter tränkte ihm die Haare mit Essig (»Meine Mutter, die immer in mir lacht«, solche Satzfetzen umschweben ihn).

Er denkt an sie, an ihr nasses Taschentuch, mit dem sie lächelnd seine schwarzen Haare betupfte, anschließend schlief er auf dem Fliesenboden im Innenhof des Elternhauses, den Kopf in ihren Schoß gelegt. Sie zündete die Öllampe neben sich nicht an, sondern ließ die zunehmende Dunkelheit der Nacht sie beide umfangen und summte dabei »ihrem« Jungen etwas vor (denn er war ihr Liebling, das wusste er). Doch als er an jenem Abend in seinem Zimmer in Blanc-Mesnil einschlief, hörte er deutlich, wie die Stimme der Mutter ihm das »Lied vom Storch« aus Tlemcen vorsang. Ihre farblose Stimme klang melancholisch, Mma sang nicht ganz richtig, dachte er mit gerührtem Bedauern. Beim Einschlafen an jenem Abend unterhielt er sich in seinem Innern in Koseworten mit ihr, in der ihr eigenen Sprache, einer Mischung des Dialekts aus den Straßen von Algier, in die sie einige gewählte Worte einstreute, die andalusisch klangen – die Mutter war schließlich in der Kasba geboren und verachtete die raue Sprechweise aus den nahen Bergen.

An den folgenden Abenden hörte er wieder beim Einschlafen dieses »Lied vom Storch« und sank allmählich in den Schlummer, immer mit der Stimme von Mma im Ohr. »Nein«, seufzt er, »es war nicht sie, die mich wiegte, die Poesie ihrer Worte hüllte mich ein, ihr singender Akzent und die letzte Note der Klage, ein Tremolo, klangen lange nach ...«

Berkane wollte alles vergessen, sein Vorstadtleben und auch, dass er es schon vor Jahren aufgegeben hatte, seinen »Entwicklungsroman« zu schreiben. Seine Manuskripte hatte er eines wie das andere weggeräumt, nachdem sie von den Pariser Verlagen abgelehnt worden waren. Das letzte hatte nicht einmal bei einem bekannten Verleger aus der Provinz Anklang gefunden.

Eine Woche lang lag er jede Nacht wach, erfüllt von Zärtlichkeit und Sehnsucht. Am vierten oder fünften Tag wusste er nicht mehr, war es wirklich seine Mutter oder die Stimme von Marise (sie trällerte gerne spanische Lieder), die ihn bis in die tiefe Nacht hinein begleitete. Er hörte nun nicht mehr Worte, sondern nur noch Bruchstücke der Musik, die Traurigkeit dieser Melodie, die so herzzerreißend endete.

Er stellte sich schon darauf ein, Mai und Juni in dieser Einsamkeit gefangen und von Schatten heimgesucht zu verbringen. Wenige Tage später sprach er plötzlich beim Personalchef vor, nicht ohne sich zuvor über ein paar Zahlen informiert zu haben. Die Kollegen waren völlig überrascht, als er ihnen eröffnete: »Ich gehe vorzeitig in den Ruhestand. Meine ganze Pension bekomme ich zwar nicht, nur die Hälfte oder ein bisschen mehr vom üblichen Ruhegehalt. Aber ich habe beschlossen, wieder in Algerien zu leben, dort werde ich damit auskommen!«

Und um dem Erstaunen der Kollegen keine weitere Nahrung zu geben, zuckte er gleichgültig mit den Schultern. Dem einen oder anderen, an dem ihm etwas lag, erläuterte er immerhin: »Ich will wieder zu schreiben anfangen, dazu brauche ich alle Zeit, die ich habe.«

Für sich allein fügte er hinzu: »Alle Zeit, und das Meer zu meinen Füßen! Und die Stille!«

Es ist Freitag, der Ruhetag in diesem muslimischen Land. Auch am späten Nachmittag hält die Hitze noch an; das Dorf ist ein Glutofen. Liebe Marise, ich möchte Dir schreiben, auch wenn es ein bisschen hastig und nur hingeworfen ist. Weil Du mir fehlst, das will ich ohne weiteres zugeben – ohne einen Vorwurf und schon gar nicht in anklagendem Ton –, ich schreibe Dir ganz einfach, um mich mit Dir zu unterhalten und mich für die Länge eines Briefs Dir nahe zu fühlen (Du wirst meine zu langen Sätze wiedererkennen, die hin und her schwingen, »in Arabesken«, sagtest Du, wenn Du mir nachsichtig schmeicheln wolltest …), doch ich beginne:

Liebe Marise,

ich schreibe, um Dir meine Liebe auszudrücken, die weiterlebt, wieder erwacht an diesem Meer, das jede Nacht in langsamen Wellen heranrauscht, als wollte es unter mein Lager gleiten. Zugleich habe ich das Gefühl, zurückgekehrt zu sein, um die zwanzig Jahre des Exils hier abzulegen. Ich weiß nicht, was sich in mir plötzlich sträubt gegen den Plan, endlich zu schreiben …

Ich schreibe Dir diesen Brief, weil Du mir fehlst, aber auch weil mich plötzlich etwas bedrückt. Ich hoffe, dass es nach der stillen Unterhaltung mit Dir nachlassen wird und dass mir die überflüssigen Fragen vergangen sein werden: zum einen, warum ich dies Leben gewählt habe, und dann die Frage nach der Vergangenheit – ich meine gar nicht die Zeit, die uns verbunden und wieder getrennt hat, sondern, noch undeutlicher dahinter, das ziellose Dahinfließen jener langen Jahre in Frankreich … Stellt mich die Suche nach dem Grund für dieses so spät beendete Exil selbst infrage? Es ist eher etwas Ungreifbares, eine Unsicherheit, von der ich nicht weiß, woher sie kommt. Ich hoffe, dass mein Selbstgespräch, das ich auf diesen zwei oder drei Seiten vor Dir ausbreite, sie klären oder zumindest vertreiben wird.

An diesem lichtvollen Herbsttag – der Himmel schillerte während meiner morgendlichen Wanderung am Strand in allen Abstufungen von Rosa und Violett – denke ich an Dich, Marise oder auch Marisa, mir fällt wieder ein, wie ich Dich aus Koketterie gerade in den heimlichen Momenten unserer Zärtlichkeit bei Deinem Künstlernamen nannte, dem Pseudonym fürs Publikum (Ma-ri-sa!) – aus meinem Munde wurde es zu dem *chérie,* das mir sonst nur schwer über die Lippen geht. Stattdessen entschlüpften mir zwei, drei arabische Worte aus meiner Kindheit, die man eigentlich für Freunde oder enge Verwandte gebraucht. Zusammen mit deinem Bühnennamen drückten sie meine innige Zuneigung aus …

Wie hier an unsere Umarmungen erinnern, wenn ich sie Dir nicht in meinen Worten aufschreiben, nicht ausdrücken kann, wie sehr Du mir fehlst, in jenen Momenten, in denen meine Lippen, meine Hände sich Deiner Haut näherten, über Deinen Körper mit seinen geheimsten Winkeln fuhren.

Unsere intimsten Worte hörtest Du nur in ihren einzelnen Lauten wie eine Musik. Erinnerst Du Dich, wie ich manchmal traurig wurde, dass Du in dem Augenblick, wenn sich unsere Sinne entfachten, nicht in meiner Muttersprache zu mir sprechen konntest? Als wenn inmitten unserer Umarmungen meine Kindheit wiedererwachte und meine unwillkürlich aufgetauchte erste Sprache Dich ganz vereinnahmen wollte.

Marise-Marisa, wie Dir sagen, dass meine Liebe durch die Trennung und mein Zögern bei dieser Rückkehr noch wächst? Mein körperliches Verlangen nach Dir steigt zu einer Flut in dieser Distanz, die ich suchte und die doch so schwer zu tragen ist.

Nachts, wenn ich mit diesem Unwohlsein oder dieser Frustration eingeschlafen bin, ich wähle keine Bezeichnung, gehe dem nicht auf den Grund, schrecke ich manchmal aus einem unverständlichen, wirren Traum hoch, einem Albtraum, nur ohne Bilder, eher ein tiefes Unbehagen im Fleisch, im Bauch, fast möchte ich sagen im Unterleib. Ich wache auf, weiß nicht, wo ich bin, zuweilen nicht einmal, wer ich bin, nur dieses Unwohlsein, sodass ich mich fast übergeben möchte. Ja, nach dem seltsamen Erwachen mit dieser Verzweiflung im Herzen, mitten in der Nacht und in völliger Einsamkeit, habe ich mich aufgerichtet, mit aufgerissenen Augen, wie ein Schwachsinniger oder ein Verrückter, noch war ich nicht völlig bei Bewusstsein, die folgende Minute erschien mir unendlich – wie ein Tier auf dem Stroh aufschreckt, eine Stute im Stall oder eine Dogge, die am Fuß des Bettes schläft, wenn plötzlich Gefahr droht –, ich hatte vergessen, dass ich zurückgekehrt war, hatte vor allem das Meer draußen vergessen. Da überfällt mich ein starkes sexuelles Verlangen, Dein elfenbeinfarbener Körper taucht vor mir auf, Dein Name scheint auf, Marise-Marisa, der doppelte Vorname beschwichtigt allmählich wieder meine Sinne, ich bin nichts als ein von langer Enthaltsamkeit gequälter Mann. Nachdem mir alles wieder bewusst geworden ist, nämlich dass ich nach Algerien zurückgekehrt bin, packt, fesselt, hält mich diese Einsicht gefangen.

Ich versuche mich aus dieser Nacht des Unbefriedigtseins loszureißen, ich sage wieder Deinen Namen mit all der Zärtlichkeit, die Du von mir kennst, ich fülle mich mit der Erinnerung an Dich, nicht an Deinen Körper, nach dem ich hungere, sondern an Dich, wie Du mir eines Abends lange erklärtest, warum Du mich verlassen wolltest: »Um deinetwillen«, sagtest Du, »und um meinetwillen! Um unseres guten Zusammenseins willen. Ich verlasse dich, aus Liebe zu dir, aber auch aus Selbstachtung!«

Aber warum hier Deine Argumente wiederholen?

Ich schildere Dir das zwei- oder dreimalige böse Erwachen, bei dem sich alles unentwirrbar vermischte: der Schock über meine Rückkehr und die Trauer über die Trennung von Dir, sicher auch die Tatsache, dass ich mich seit sechs Wochen keiner Frau genähert habe. Dabei liebe ich die Einsamkeit, ich habe sie selbst gewählt, aber wenn um Mitternacht ein Herbstgewitter draußen meine Sinne reizt, ist wieder der kleine Junge in mir erwacht, der Angst hat vor dieser Rückkehr ins Land der Geburt ... »Was wird hier aus dir werden?« Eine verlorene Stimme ist wieder zu hören, sie schreit, ich gerate außer mir, und wenn ich Dir schreibe, um Dir von dieser dunklen, verstörenden Stimme zu erzählen, möchte ich mir über den Grund klar werden, der diese Angst im Dunkeln wieder ausgelöst hat.

Ich setze meinen Brief als Gespräch im Morgengrauen fort. Heute gibt es wenig mitzuteilen, nach meinem Spaziergang zu dem Fischer, der müßig vor den Felsen am anderen Ende des Strandes nach Seeigeln sucht. Er ist gegen dreißig, ich rede mit ihm im örtlichen Dialekt, dem gleichen wie in meinem Viertel in der Kasba. Dies schafft zwischen uns eine unausgesprochene Verbundenheit, als appellierten wir an unser gegenseitiges Wohlwollen. Wir tauschen Belanglosigkeiten aus, in seinem Blick sprüht dabei der Schalk. Er fühlt sich wohl geehrt, nachdem wir ab und zu am Fuß meiner Treppe gemeinsam eine Zigarette geraucht haben. Manchmal am Abend schien er ein vertrauliches Gespräch von mir zu erhoffen. Aber was könnte ich ihm anvertrauen, was die Erwartung in seinem Blick verdiente?

»Weißt du, Rachid«, müsste ich ihm gestehen, »ich habe mich von einer jungen Frau getrennt (oder richtiger: Sie hat sich von mir getrennt), sie stammte aus dem Land da drüben, sie war einiges jünger als ich, eine sehr schöne Schauspielerin ... Jetzt, nach der Trennung, schreibe ich an sie!«

Rachid würde mir, damit meine beginnende Vertraulichkeit anhält, in leichtem, aber anzüglichem Ton antworten: »Ach, die Frauen – aber Briefe schreiben?«

Ich würde sehen, wie seine Augen blitzen, seine Wangen sich zu einem Lächeln falten, seine ganzen Züge lang werden, sein Ausdruck naiven Interesses würde ihn wieder zu einem neugierigen Jugendlichen werden lassen, der nicht einmal wüsste, auf was. Denn er neidet mir weder mein Haus noch meinen offensichtlichen Müßiggang (mein Auto ist ganz verbeult, ich trage immer die gleichen Jeans, was hatte es mir genützt, zu den *Françaouis* rüberzugehen, wenn ich schon nicht mit einer blonden Frau wiederkomme, dann doch wenigstens mit dem Wagen und in den Klamotten des hiesigen Bürgertums!). Trotz alledem beobachtet er mich weiter, denn ich hatte das Glück, lange Zeit in jenem nördlichen Land gelebt zu haben, ich bringe einen Schatz von Erinnerungen mit, an Frauen, an Frauen von dort, und er seufzt:

»Ach, die Frauen!«

Ich habe keine Lust, mit ihm über meine Vergangenheit zu reden. Ich höre Deine Stimme, Marise, den Fluss Deiner Worte, der hier zwischen dem Fischer und mir verrinnt!

Rachid ist gekommen und hat sich zu mir auf die Terrasse gesetzt. Er hat angeboten, mir ein paar Muscheln zu öffnen, »mit Zitrone, wenn du welche in deiner Küche hast!«, fügte er in seiner lockeren Art hinzu.

Am Abend davor, als er meinen einfachen Imbiss mit mir teilte, war ich zum Zuhörer seiner Dorfchronik geworden: wie die Angst »nach diesen bleiernen Jahren« jetzt aus den Häusern gewichen ist.

Nachdem er gegangen war, habe ich mich hingesetzt, Dir zu schreiben, brennend vor Eifer, als drohte ich durch diese Gespräche in der Heimat etwas zu verlieren. Eine Musik? Ich weiß es nicht. Ich spreche mit ihm seit meiner Ankunft nur in meinem Dialekt, ganz aufgeregt, viele verlorene Worte wieder gefunden zu haben, wie in einem Tanz, wieder auferstandene Bilder, einen Ton …

Ich schreibe Dir weiter und setze mit Hamid, dem kabylischen Lebensmittelhändler, mein Eintauchen in diesen Klang fort (wir haben festgestellt, dass wir im Dominospiel ebenbürtige Gegner sind).

Aber Rachids Seufzer, »Ach, die Frauen!«, hat ausgereicht, dass mich wieder Unruhe überfällt. Die Sehnsucht nach Deiner Stimme, nach unseren Gesprächen, nach unserem nächtlichen Zusammensein, nach Deinem Körper, den ich nicht nur mit den Händen streichelte, Du erinnerst Dich, auch mit Worten, mit meinen Lippen, mit Bruchstücken von Wörtern, die ich zwischen unseren Küssen hervorbrachte – eine Sprache, die nur uns beiden gehörte, in der sich alles vermischte, kleine Koseworte wie weiße Steinchen im Bach, Deine, die ich einzeln aufnehme, wie einen wiedererinnerten Refrain, aber auch die Worte meiner Mutter aus der Kindheit. Du verstandest nichts von diesem arabischen Geflüster, das ich an Deine Haut richtete, an Deine Brüste, an die Stelle zwischen Deinen Schenkeln. Ich erfinde wieder Kosenamen für Dich, sogar in meiner Muttersprache, Du lachst, Du neigst Dich zu mir, um sie zu hören, ich lasse sie Dir ins Ohr gleiten, ich lasse sie Deinen Hals entlangfließen, Du wirst sie verstehen, sie dringen in Dich ein, ohne dass ich sie übersetze. Marise-Marisa, ich habe bis in die Fingerspitzen eine Erinnerung an die besondere Sprache zwischen uns, ein Verweben meines Dialekts mit Deinem Französisch. Deine Aufforderung, wie eine heiße Bitte, ist in mir lebendig bis heute: »Sag es noch mal, bitte, für mich!« Doch ich wiederholte nur Deinen doppelten Vornamen mit den weichen Lauten, ich lachte, wir fanden eine neue Verbundenheit, wenn unser Atem sich mischte, ich kann nur zu Dir so zärtlich sein, nur mit Dir, ich durchlebe diese Momente in meinem Dorf von Fischern und Gemüsebauern wieder, an dem einsamen Strand …

Aber Du bist nicht da, unsere Zwiegespräche verblassen. Wenn Du hierher kämst, könnte ich Dich an diesem Strand und in diesem kalten Haus wieder mit Blumenworten einhüllen wie damals im Hotel an der Gare du Nord?

Warum widerstreben sich in meinem Innern jede Nacht das Verlangen nach Dir und meine Lust, die Töne von einst wieder zu finden, den unveränderten Dialekt wie früher, der sich entfaltet, wieder auflebt, sodass er Deine nächtliche Präsenz zu überdecken droht und ich mich fast mit Deiner Abwesenheit abfinde? Ist meine Liebe in Gefahr, sich zu verflüchtigen, da Du so weit entfernt bist?

Ich bekenne in diesem Brief, denn Du sollst es erfahren, meine Sehnsucht – *el ouehch* – nach Dir. Ich habe mich an diesen Ort geschleppt, um zu bleiben, um zu schreiben. Aber um zu leben?

Berkane

Eine Verzögerung

I

Den Brief, den ich vor drei oder vier Tagen an Marise schrieb, ich weiß es nicht genau, habe ich nicht versiegelt, ich werde ihn nicht noch einmal lesen, er liegt auf dem weißen Holztisch neben dem gelben Schreibblock und dem Tintenfass.

Ich bin fast immer draußen. Die Leica in der Tasche, mit Jeans und Rollkragenpullover bekleidet, Espadrilles an den Füßen, habe ich im Auto einige der kleinen Dörfer auf den Hügeln dieser Gegend besucht. Morgens und abends bin ich den langen Strand entlanggewandert. Manchmal habe ich einen Mittagsschlaf gehalten: »Ich werde wirklich zum Pensionär!«, sagte ich mir träge in diesen ersten Oktobertagen. »Bist du dafür in die Heimat zurückgekehrt?« Die Stimme in mir klingt nicht einmal ironisch. Ich bin im Wartestand, das ist es.

Da Rachid nicht jedes Mal heraufkommt, um mir meine tägliche Ration Fische zu bringen, haben wir vor kurzem vereinbart, dass ich wöchentlich zahle, und zwar »den Großmarktpreis«, wie er mir lachend verspricht, »den Großmarktpreis, aber der Fisch ist vom selben Tag, oder besser, derselben Nacht!«, verkündet er, stolz, zugleich mein Lieferant und mein Freund zu sein. Manchmal setzt er sich auf die Treppe an der Pforte, wo der Sand beginnt. An manchen Tagen verbringe ich eine Weile mit ihm.

Ich bedanke mich für den Fisch, ich werde ihn nicht braten. Ich wasche die kleinen Seebarben ab, ein oder zwei Merlane, lege jedoch die Tintenfische beiseite. Ich bezahle dafür, aber putzen möchte ich sie nicht:

»Das ist mir zu aufwändig! Mir reicht die Tinte auf meinem Schreibtisch, die Tintenfische schenke ich dir!«

Später am Vormittag bereite ich den übrigen Fisch zu, ich würze ihn mit ein paar Kräutern, ein wenig Safran und backe ihn im Papier, mit Zitrone und Fenchel (eine Gabe von Rachid, der wieder für alles sorgt), dann halte ich ein leichtes Mahl.

Anschließend trinke ich einen Kaffee nach dem anderen. Wenn ich nicht wegfahre, faulenze ich, halte einen Mittagsschlaf und putsche mich dann wieder mit Kaffee auf. Ein Siebenschläfer bin ich geworden, ein Pensionär und ein Siebenschläfer, während die Herbstsonne mein Arbeitszimmer durchflutet ... Arbeit?

Ich habe ein paar Fotos aufgenommen. Keine Schnappschüsse, sondern stimmungsvolle Bilder, wie gefundene Früchte, als wollte ich mir eine Beute sichern. Sozusagen als begänne ich damit, meine Augen zu reinigen; langsam, zögerlich voranzugehen, Schritt für Schritt, endlich voll bewusst, dass ich wirklich zurückgekehrt bin! ...

Manchmal am Morgen, wenn das Licht nur flüchtig eine bestimmte Schattierung zeigt – den einsamen Strand ganz für mich, dieses unberührte, bewegte Königreich –, kann ich es nicht fassen, hier zu sein. Wirklich zurückgekehrt? »Bin ich denn ganz da?« Die Stimme in mir, die Fragen stellt, führt auf Französisch das Wort gegen meine Mutter – immer sitzt sie in dem einfachen Innenhof meines Elternhauses in der Blauen Straße der Kasba. Die innere Stimme schwankt, zögert zwischen der einen und der anderen Sprache, dem einen und dem anderen Ufer: Meine Mutter in mir ist erstaunt, ihre Augen schauen mich fragend an … Dieses stumme Spiel ereignet sich ein, zwei Mal, immer im Morgengrauen. In Wahrheit aber erlebe ich die Einsamkeit in diesem Raum, mit dem ruhigen, glitzernden Meer direkt vor mir, wie ein Geschenk! …

Ist das also der Frieden? In der Ferne, mir gegenüber, zeichnet sich eine Gestalt ab, wie die einer Nixe, sie ist in einem kurzen Aufleuchten zu sehen, nur für mich?

In der nächsten Woche – das habe ich beschlossen – fahre ich nach Algier, um meine ersten Fotos von diesem Landstrich bei Amar, einem befreundeten Fotografen, entwickeln zu lassen.

Ich habe diese morgendliche Stunde mehrfach aufgenommen – um sechs oder um halb sieben Uhr, wenn die Morgendämmerung zu Ende geht: nur noch ein wenig Dunst über dem Wasser, ein bisschen Schaum auf den

Wellen. Ganz nah am Ufer ein leichtes Beben der See, im Hintergrund ein kleines Stück Schilf oder der Rand eines Ziegeldachs im Winkel der Aufnahme ...

Bei meinen Ausflügen zu den umliegenden Dörfern habe ich ein verschlafenes Städtchen wieder entdeckt, das früher ein Pilgerort war. Bei meiner Ankunft taucht um die Biegung eines staubigen Wegs eine einfache Moschee auf, ihre Kuppel ist halb verfallen: Es ist die Grabstätte eines *wali*, eines Würdenträgers aus vergangenen Zeiten, der von allen vergessen ist, mit Ausnahme einiger alter Frauen aus der Umgebung.

Dieses Kuppelgrab habe ich drei Tage hintereinander aus dem gleichen Blickwinkel geschossen, nachdem die betenden Frauen gegangen waren: hinten der trübe Himmel, seegrün, als wäre das halbmondförmige Gewölbe nicht im Himmel untergegangen, sondern in einem unsichtbaren Wasser, in diffusen Wolken.

Wenn ich nach Algier komme, habe ich vor, mehrere Abzüge von dieser Kuppel mit dem hellen Himmel entwickeln zu lassen, als allmählich blasser werdende Serie. Eine der Proben will ich vergrößern lassen, um sie in meinem Zimmer gegenüber dem Bett an die weiß gekalkte Wand zu hängen.

An manchen Tagen brauche ich dann nicht aufzustehen, die Betrachtung des Bildes, begleitet vom nahen Rauschen der Wellen, das zum offenen Fenster hereindringt, wird mir genügen. Eine Kuppel aus früherer Zeit, die in ihrer alles überdauernden Einfachheit vergessen treibt wie in einem Meereshimmel ... Ich werde mich dieser Vision überlassen und schließlich einschlafen: In der Illusion des Versinkens wird es sein, als reiste ich fort. Zurückgekehrt sein und doch endlich gehen ... Aber ich muss mich aufraffen, nach Algier zu fahren. Der Fotograf Amar hat sein Labor am Märtyrerplatz, den ich weiter mit seinem arabischen Namen Platz des Pferdes nenne, als wäre die Reiterstatue des Prinzen von Orléans nicht in den ersten Tagen der Unabhängigkeit im Sommer 1962 von einer begeisterten Menge umgestürzt worden ...

Der Oktober vergeht im Leuchten. Jeden Morgen wache ich auf und fühle mich so leicht. Ich setze mich noch nicht an meinen Arbeitstisch. Gestern hat Marise angerufen. Ich weiß nicht, wie sie erfahren hat, dass ich hier ein Telefon besitze, sicher hat sie mit meinem jüngeren Bruder gesprochen.

Ich habe ihr keine Fragen gestellt, nur kurz von meinen Arbeiten als Amateurfotograf erzählt.

»Morgen fahre ich nach Algier«, sagte ich zu ihr. »Ich werde ein paar Bilder machen von den Straßen, durch die ich als Junge mit kurzen Hosen gerannt bin.«

»Sei vorsichtig!«, antwortete sie nach kurzer Pause.

Sie wollte mich ausfragen. Ich hörte schon: »Bist du in dieser Gegend und in deinem Dorf wirklich in Sicherheit? Ganz bestimmt?« Aber sie wagte es nicht.

Mein Ton eines ruhigen, trägen Pensionärs hat sie beschwichtigt. Ich habe ihr den Himmel an diesem Morgen in allen Einzelheiten geschildert. Ich hätte mir gewünscht, dass sie mir ihr Kleid beschrieb, während sie mit mir telefonierte.

»Küsschen!«, sagte sie zum Abschluss, so als riefe sie mich aus dem Nachbardorf an.

Ich legte den Hörer auf. Es hätte mir sehr gefallen, wenn sie ohne Vorwarnung einfach aufgekreuzt wäre … Das fiel mir ein, kaum dass der Telefonkontakt unterbrochen war. Mit dem Klang ihrer Stimme im Ohr sah ich ihr Bild ganz lebendig vor mir, ihren nackten Arm, ihre Achsel, ihre Hand, die eben den Hörer aufgelegt hat, in ihrem Zimmer neben dem Bett, dort drüben … Vor allem der Rhythmus ihrer Worte, der singende Tonfall ihrer Stimme blieben gegenwärtig, waren plötzlich hier an meinem Bett, folgten mir.

Beim Mittagsschlaf am gleichen Tag träumte ich von ihr. Von Marise-Marisa, die beiden Vornamen neigten sich einander zu, wie eine Welle unter meinen Lidern. Ich fühlte ein durchdringendes, anhaltendes Begehren nach ihrem Körper, in den von mir zerwühlten Laken, in dem nackten Zimmer mit dem offenen Fenster.

Ich stürzte mich mit einem Sprung aus dem Bett unter die Dusche. Beim Hinunterrennen auf der Steintreppe zog ich mir eilig die Badehose über. Ich sprang ins Wasser, trotz der anfänglichen Kälte. Nach ein paar Schwimmzügen hastete ich wieder hinauf. Ich ließ die Dusche auf mich herunterbrausen. Dann setzte ich mich zum Schreiben hin, ich trank nicht einmal vorher einen Kaffee. Schrieb wutentbrannt, als wenn mich Nacht umgäbe und nicht die Sonne des Spätnachmittags …

Morgen werde ich ganz früh in die Hauptstadt fahren, in ihr altes Herz, ich weiß leider, dass es ins Elend gesunken ist ... *el bahdja* ...

2

In der folgenden Nacht wird Berkane gequält von dem Verlangen nach der Abwesenden, nach ihrer Stimme, er sieht ihren nackten Arm, die flach liegenden Brüste, ihren schlafenden Körper – Berkane nennt die Geliebte nicht mehr Marise oder Marisa, auch nicht mit den beiden Vornamen zugleich. Er nennt sie »die Abwesende«, während er unter dem Fenster liegt, das offen steht zum tintenblauen Meer einer mondlosen Nacht. Die Spannung eines Mannes, den eine lange Enthaltsamkeit quält, verlangt nach ihr, nur nach ihr, nicht nach irgendeiner bekannten oder unbekannten Frau. Schließlich fällt er in einen unruhigen Schlaf, er stellt sich vor, er erwache in Paris, an einem der Wochenenden im Hotel an der Gare du Nord. Die Abwesende ist gar nicht so abwesend, wahrscheinlich nur hinuntergegangen, um das Tablett mit dem Frühstück heraufzuholen, Croissants und brühheißen Kaffee. Er versinkt in einen dunkleren, einsamen Schlaf ...

Er träumt mindestens fünf Minuten, genügend Zeit für eine ganze Szene, die nicht aufhören will, er taucht aus ihr auf mit vor Schreck klopfendem Herzen. Mit aufgerissenen Augen, das Erwachen fällt ihm schwer, lässt er den Traum Bild für Bild vor sich ablaufen: ein sich dehnender Ausschnitt eines fernen Lebens. Im beginnenden Halbdunkel versenkt er sich reglos hinein. Er durchlebt wieder den wirren Schreck eines kleinen Jungen; er ist sechs Jahre alt oder auch fünf. Neugierig betrachtet er den Körper eines hängenden Mannes von hinten, die Beine in der Luft, hoch oben – im Verhältnis zu ihm, dem kleinen Jungen mit dem starren Blick –, ja, sie baumeln.

»Der Franzose!«, schreit eine Stimme neben ihm.

»Es ist der Schlachter!«

Die Beine in der Luft zappeln noch ein, zwei Mal verzweifelt, der hängende Mann lebt, ist vielleicht auch nur halb am Leben, oder er stirbt gerade!

Kurz zuvor hatte sich der Kleine in einer lärmenden oder freudigen Menge befunden, er wusste es nicht, folgte nur dem Strom, der durch sein Viertel zog. Die Lehrerin hatte die Kinder eben nach Hause geschickt: »Schnell, geht heim! Und trödelt nicht!« Die Menge auf der Straße schien heiter und erregt. Er hörte, wie weit vorne ein Marschlied gesungen wurde und sogar Frauen von einer Terrasse herab ein langes Youyou ausstießen. Berkane trippelte mitten unter den Erwachsenen in der Menge, er erkannte noch die Schreinerei von Monsieur Kobtane, dessen Sohn mit ihm in die Klasse ging.

Plötzlich wurden in den vorderen Reihen Schreie laut, es folgte Gedrängel. Er sah durch eine Lücke den französischen Schlachter, klein und dick, vor seinem Laden stehen, er reckte etwas in die Höhe, eine Pistole …

Es folgten zwei Schüsse. »Er hat geschossen! Er hat Drohungen gebrüllt!«, rief einer auf Arabisch gleich neben Berkane. Panik brach aus.

Vor ihnen öffnete sich ein großer Kreis von Menschen. Das Kind sah einige Meter direkt vor sich einen Mann am Boden, der sich aufzurappeln versuchte: Er hatte Blut an der Hand und auf der Brust. Zwei hoch gewachsene Männer hoben den Verletzten sogleich auf. Andere stürzten sich auf den Schlachter. Schreie gellten: »Allah akbar! Allah ...« Das Kind dachte: Sie schreien wie in der Moschee!

Den Kopf nach oben gerichtet – Berkane meint, er habe sich die ganze Zeit nicht weggerührt –, sieht er den Körper des Schlachters wieder, diesmal von hinten und in der Luft: Ein Hüne hat ihn mithilfe eines Zweiten an einem seiner Fleischerhaken aufgehängt, er hält immer noch die Pistole. Jetzt steigt in Berkane wieder das Bild auf, das ihn im Traum so schockiert hat: kurze Beine von hinten, die in der Luft zappeln, hoch über dem kleinen Berkane mit dem entgeisterten Blick.

Ein Raunen erhebt sich: »Brüder, lasst uns das Kommissariat stürmen! Wir holen uns die Waffen!«

Während er angerempelt wird, denkt Berkane: Ich schaue nicht hin, ich ...

Das Kind wendet sich ab, der Schreck legt sich ein wenig. Berkane bahnt sich seinen Weg zurück durch die Menge und rennt dann ohne anzuhalten bis in die Blaue Straße, das Haus, der Innenhof, die Mutter, endlich!

Sie sitzt auf dem Fliesenboden, er fällt ihr in die Arme, an die Brust, schluchzt, der Liebling seiner Mutter. Sie hält ihn fest, tröstet ihn, fragt ihn aus.

Später kommt dann sein großer Bruder nach Hause.

»Fünf von unseren Leuten wurden beim Angriff auf das Kommissariat getötet, sie haben es niedergebrannt. Polizeitruppen haben daraufhin die Kasba umzingelt!«

»Die ganze Welt ist verrückt geworden!«, ruft eine Stimme neben ihm aus.

Die Dunkelheit umfängt alles, es ist das Ende des Traums.

Ein paar Tage später erwähnte der Junge, wieder in Mma Halimas Armen, ein »Tuch mit den drei Farben, Grün, Rot und Weiß!«, das die Menge in der ersten Reihe geschwenkt hatte. »Weil ich das Tuch sehen wollte, bin ich mit diesem Umzug mitgegangen«, erklärte er sich jetzt sein Verhalten, und beim Überdenken der Erlebnisse erkannte er, dass der Schlachter den Zug eben wegen dieses Tuchs bedroht hatte.

»Sag nicht Tuch, das ist eine Fahne!«, widersprach seine Mutter.

»Aber diese Fahne sieht nicht aus wie die an der Schule!«, rief Berkane aus.

»Die Fahne, die du gesehen hast, ist unsere eigene Fahne!«, erwiderte die Mutter mit glänzenden Augen.

»Ich wusste gar nicht, dass wir auch eine Fahne haben, ich hatte sie noch nie gesehen!«

»Wir müssen sie doch verstecken!«, versetzte die Mutter.

Dann meisterte sie ihre Erregung und erklärte ihm geduldig: »Die andere, die sie am Portal eurer Schule aufhängen, ist ihre eigene Fahne!«

Die Logik leuchtete ihm ein, jeder hatte eine eigene Fahne, aber: »Warum müssen wir unsere Fahne denn verstecken?«

Dieser Wortwechsel setzte sich im Gedächtnis des Jungen fest, während er alles andere vergaß: die Straßenszene, sogar den Anblick des hängenden Schlachters, dessen Beine noch in der Luft zappelten. Er behielt nur die neue Fahne im Gedächtnis, »mit Grün«, die er zum ersten Mal gesehen hatte. »Unsere Fahne!«, hatte Mma erklärt, eine andere als die an der Schule, »ihre Fahne«. Die Symmetrie beruhigte das Kind und half ihm, die Gewalt der Menge am Tag der Demonstration zu vergessen.

Berkane verschiebt seine Fahrt nach Algier nochmals um einen Tag. Er treibt sich am Strand herum, plaudert wie gewöhnlich mit Rachid, dem Fischer. Sie tauschen ein paar Belanglosigkeiten über das Wetter aus – Rachid will in der kommenden Nacht nicht aufs Meer hinausfahren, da das Radio einen Sturm angekündigt hat …

»Morgen müssen wir eben ohne Fisch auskommen! Ich will sowieso nach Algier!«

Rachid hält sich länger auf, und Berkane lädt ihn selbstverständlich zum Mittagessen ein.

Zwei Stunden später unterhalten sich die beiden Männer auf dem Küchenbalkon. Irgendwann erwähnt Berkane jene erste nationalistische Demonstration, die Bezeichnung kommt ihm recht gleichgültig über die Lippen, doch es wird ihm bewusst, dass ihn der nächtliche Traum noch immer verfolgt. Bei Rachids neugierigem Blick kann er nicht umhin zu sagen: »Das war 52!«

»Schon 52?«, fragt der andere erstaunt.

»Ich war gerade sechs«, fährt Berkane fort. »Ich ging das zweite Jahr in die französische Schule, als ich in den Straßen der Kasba zum ersten Mal unsere Fahne sah!«

Er möchte sich nicht über die politische Chronik verbreiten, der Fischer ist schließlich recht jung, keine dreißig, Berkane nimmt einfach den Faden seiner Erzählung aus der Kindheit wieder auf. Wegen seiner eigenen Rührung oder wegen der Schönheit der Bilder aus dieser Zeit zieht er ein leicht wehmütiges Gedenken dem Melodram vor, das die Leute seiner Generation gewöhnlich über jede Erzählung aus der Vergangenheit stülpen.

»Doch du«, bemerkt Berkane zu Rachid, »warst 1952 noch gar nicht auf der Welt!«

»Ich bin erst fünf Jahre nach der Unabhängigkeit geboren«, bestätigt ihm Rachid. »Bisher dachte ich, diese machtvollen Demonstrationen um die algerische Fahne, an denen in der Hauptstadt Frauen, Männer und Kinder jeden Alters teilnahmen, fanden im Dezember 1960 statt, so hat man es mir jedenfalls erzählt! Vorher war doch nur die Rede vom Maquis, oder?«

»In meiner Erinnerung«, erklärt Berkane ein wenig schulmeisterhaft, »brachen die Proteste in unserem Viertel an genau jenem Tag 1952 aus, lange bevor 54 unser Unabhängigkeitskampf begann. Ich war noch ein Kind!«

Berkane vertraut auf die Wirkung, die »frühe Erinnerungen« gewöhnlich ausüben, und vermeidet es, von seiner Mutter zu erzählen und dass er sich verstört von der Gewalt auf der Straße in ihre Arme geworfen hatte. Es drängt sich ihm die Erinnerung an ein Ereignis auf, das wenige Tage danach geschehen war. Es eignet sich gut als »erstes Schulerlebnis«:

»Na ja«, fährt Berkane fast entschuldigend fort – das Gespräch hat ausnahmsweise zunächst in Französisch begonnen, einem einfachen Allerweltsfranzösisch. Um den Fischer nicht einzuschüchtern, der sich in seinem Dialekt besser ausdrücken kann, verfällt Berkane nun wieder in das Arabisch der Männer aus den Straßen der Kasba von einst. Sofort findet er die Nuancen, die Feinheiten, ein paar kraftvolle Ausdrücke wieder – »jeder hat ja seine Erinnerungen an die Schule … Also meine (mit einem halben Lachen wendet er sich von seinem Traum aus der vergangenen Nacht ab) ist eine schallende Ohrfeige von unserem französischen Lehrer!«

Mit aufgerissenen Augen wird Rachid zum faszinierten Zuhörer, als erwartete er »eine Wundergeschichte« aus einer anderen Zeit – der Kolonialzeit, die für ihn so weit weg liegt.

»Ich weiß noch die Anweisung des Lehrers von jenem Tag«, beginnt Berkane. »Ich höre sie noch, als wäre es heute: ›Zeichnet mal alle etwas mit Buntstiften, nun, ein Schiff auf hoher See, mit der Fahne am Mast!‹

Mein Banknachbar war ein kleiner Spanier, seine Mutter, eine Obsthändlerin auf dem Markt von La Lyre, kam ihn manchmal abholen, und wir Araberjungen lachten ihn deswegen aus. Der kleine Europäer fängt mit der Zeichnung an, ich bin weniger begabt als er und schaue zu, was er macht, ich borge mir seine Farben, Blau für das Meer, Schwarz, um den Mast zu zeichnen, dann müssen noch die Wellen und der Himmel ausgemalt werden. Aber der Lehrer hat gesagt: ›die Fahne‹.

Mein Nachbar ist schon dabei, seine Fahne auszumalen: Blau, Weiß, Rot. Gleich nach ihm benutze ich wieder seine Stifte, denn wir verstehen uns gut. Aber dann fällt mir ein: Ich brauche ja kein Blau für die Fahne! Statt ihres Blaus haben wir Grün!

Ich krame ganz selbstverständlich in der Schachtel meines Nachbarn nach der grünen Farbe, die er nicht benutzt, ich beeile mich, ich freue mich über mein Bild, ich ergänze meine Fahne mit Grün, wie bei Marcel ist sie außerdem weiß und rot, aber ich sagte es ja: ›Unsere Fahne hat Grün statt Blau!‹ Ich bin eben fertig geworden und sehr stolz auf mich, auch wenn ich nicht so gut zeichne wie mein Freund.

Ich denke, der Lehrer hinter uns wird einfach vorbei- und die Reihen eine nach der anderen entlanggehen, aber er bleibt starr hinter uns stehen. Meine Zeichnung ist fertig, ich bin ganz stolz, ich habe mich beeilt und voll Eifer gezeichnet.

Aus dem Lehrer bricht es plötzlich heraus: ›Was soll das bedeuten?‹

Ach, er meint mich! Ich sage ganz einfach, wenn auch ein wenig zögerlich: ›Das ist mein Schiff, *msieu!*‹

Er sagt noch einmal und noch lauter, ganz erregt, während er den Finger auf mein Schiff legt: ›Aber das hier … das … was ist das?‹

Unter seinem dicken Finger auf dem Mast scheint meine Fahne fast zu schwimmen.

›Das ist meine Fahne, *msieu!*‹

›Und bei Marcel, was ist das dann?‹

Stille im Klassenzimmer. Ich verstehe es immer noch nicht, antworte dennoch: ›Das auf seinem Bild ist seine Fahne, *msieu!*‹

Da packt mich der Lehrer plötzlich am Ohr, zieht mich halb in die Höhe und beginnt zu schreien, zu brüllen: ›Bei Marcel sehe ich wohl, das ist unsere Trikolore, aber bei dir, was ist dieses dreckige …‹

Er zieht mich am Ohrläppchen ganz hoch, der Stuhl fällt hinter mir zu Boden, die Kinder drehen sich schweigend nach mir um. Doch ich habe immer noch nicht verstanden. Was ist denn in den Lehrer gefahren? Ich bringe noch hervor, nun mit einem gewissen Trotz – ich erinnere mich ganz genau daran –: ›Bei ihm, das ist seine Fahne … und das hier ist meine!‹

Natürlich weiß ich noch, was meine Mutter mir gesagt hat. Aber schließlich bin ich ein arabischer Junge, da spricht man außerhalb des Elternhauses nicht von seiner Mutter, vor allem nicht in der Klasse ›vor ihnen‹, den Franzosen!

Der Lehrer scheint sich immer mehr in seine Wut hineinzusteigern. Er beschimpft mich, schreit noch lauter, er zieht mich, immer noch am Ohr, hinter sich her, geradewegs bis zum Direktor.

›Kleiner Gauner, wer hat dir das nur beigebracht?‹

Die Zeichnung trägt er jetzt in der anderen Hand … Wir treffen beim Direktor ein.

Der Lehrer zeigt meine Zeichnung als Beweisstück vor, und ich bin der Angeklagte. Der Direktor spricht schneidend: ›Wo hast du das her, Junge?‹

Ich wiederhole nur: ›Marcel hat seine Fahne gezeichnet und ich meine!‹

Darauf gibt der Direktor mir eine schallende Ohrfeige, dass ich fast umfalle, und fügt, ohne laut zu werden, doch in eisigem Ton, hinzu: ›Du setzt keinen Fuß mehr in diese Schule, bevor nicht dein Vater hier mit dir vorgesprochen hat!‹

Für mich ist das eine Katastrophe. Mein Vater wird das Kaffeehaus schließen müssen; und zuvor wird er mir eine Tracht Prügel mit dem Gürtel versetzen, dabei die Worte wiederholen: ›Du hast bestimmt was angestellt!‹ Denn ich habe einfach Pech: Im ganzen Viertel bin ich der einzige arabische Junge, für dessen Vater die französische Schule heilig ist!«

3

In den Tagen mit Marise in Paris habe ich oft von meiner Mutter erzählt; nie von meinem Vater. Als wäre es mir schwer gefallen, ihn in der Erinnerung nach Frankreich zu versetzen – er hatte es vor mir kennen gelernt, als französischer Soldat im Zweiten Weltkrieg.

Das fällt mir am gleichen Abend ein, auf dem Weg zu meinem anderen Freund im Dorf, dem Lebensmittelhändler und Dominospieler. Ich gehe am Strand entlang bis zu einem Vorsprung mit Felsbrocken. Dann steige ich ein paar Stufen hinauf durch einen Bestand von Feigenkakteen. Unversehens gelangt man von dort auf einen hoch gelegenen kleinen Platz, der jedoch der Welt des Strands den Rücken zukehrt.

Er bildet eines der Zentren des Dorfes: Es gibt mehrere kleine Läden, Stände mit Brathähnchen, einen Friseur, ein einfaches arabisches Kaffeehaus, in dem ein paar Dorfbewohner mit Fez und Pluderhosen sitzen. Kein einziger Sommergast findet hierher, zumindest außerhalb der Saison.

Mein Freund Hamid führt unter einer Arkade den bestausgestatteten Lebensmittelladen des Dorfs. Das Innere des Geschäfts quillt über vom reichhaltigen Angebot: auf der einen Seite die üblichen Waren, im hinteren Teil eine Drogerie und eine Ecke mit Tages- und Wochenzeitungen in Arabisch und Französisch.

Ich hatte mich mit Hamid angefreundet, als ich zum

Zeitungskauf in den Laden kam. Bald begann er, mir meine Zeitungen jeden Tag auf die Seite zu legen. Als ihm auffiel, dass ich den Laden immer recht spät besuchte, brachte er mir jedes Mal einen Minzetee.

Ich fing an, die Dominospiele zu beobachten, bei denen er seine Partner jedes Mal besiegte, und konnte mir ein paar Bemerkungen zu seinem Spiel nicht verkneifen. Dann brachte er, der Könner, den Vorschlag, wir beide sollten uns messen.

Ich dachte bei mir, auf dem Land bekommt man die Gemeinsamkeiten schnell heraus. Und fügte insgeheim hinzu: Mit den Geheimnissen ist es etwas anderes!

Auf dem Weg zu Hamid war ich an diesem Tag noch ganz eingenommen von den Gedanken an meinen Vater, ausgelöst durch die Erinnerung an Monsieur Gonzalès, den Schuldirektor, und seine schroffe Entscheidung: Entweder ich käme mit meinem Vater, oder mit der Schule wäre es ganz vorbei. Obwohl ich erst sechs war, kam mir diese Wendung durchaus als eine Möglichkeit vor: Wie, wenn ich meinem Vater nichts sagte? Ich konnte einfach so tun, als ginge ich zur Schule, und jeden Morgen gut angezogen das Haus verlassen. Danach würde ich mich dann mit einigen etwas älteren Straßenjungen verabreden, die zu ihrem Glück die Schule ganz mieden. Sie würden mir zeigen, wo ich mich bis Mittag verstecken konnte und wo ich dann später, nach dem Mittagessen, das meine Mutter mit viel Sorgfalt für mich zubereitete, hingehen konnte. Ich wusste es nicht, vielleicht zu den Kais am Hafen oder in unser Nachbarviertel. Mein älterer Bruder hatte mir allerdings verboten, diesen Stadtteil zu betreten.

»Es ist ganz einfach«, hatte er mich eines Tages gewarnt, »in der Deltastraße und der Sophonisbe-Straße siehst du Schilder an den Haustüren, sie sind nicht zu übersehen, du kannst ja Französisch lesen, da steht: ›Dies ist ein anständiges Haus‹, aber für dich ist es ganz einfach verboten, dort hinzugehen!«

Ich konnte damals schon ganz gut logisch denken und protestierte: »Aber wenn es ›anständig‹ ist, dann darf man doch gerade hingehen!«

»Auf keinen Fall! Ist es denn nötig, an dem Haus deines Vaters oder an den Häusern der Nachbarn in unserem Viertel solch ein Schild anzubringen, auf Französisch? Dabei musst du dir merken, wenn irgendwo etwas auf Französisch geschrieben steht, heißt das meistens genau das Gegenteil! Vergiss das nicht, Kleiner!«

Mir gefiel der Ton nicht, den mein Bruder mir gegenüber anschlug.

»Warum soll ein Schild, auf dem ›anständig‹ steht, denn unanständig sein?«

Da gab mir Ali, der Alaoua genannt wurde, mein schrecklicher älterer Bruder (er zählte damals vierzehn Jahre, in unserer Straße war er von allen gefürchtet, den Großen und den Kleinen – das war wohl auch nicht gerade anständig, ging es mir durch den Kopf), als hätte er diese Gedanken in meinem Blick gelesen, eine schallende Ohrfeige.

»Du hast auf deinen älteren Bruder zu hören! Ich kenne mich aus! (Dann lächelte er, als täte es ihm Leid, mich zu früh geohrfeigt zu haben.) Ich sage es dir noch einmal, geh bloß nicht in dieses Verbrecherviertel, auf gar keinen Fall, denn wenn an manchen Türen steht, es sind eben nicht alle, sondern nur manche, und zwar auf Französisch: ›Dies ist ein anständiges Haus‹, dann heißt das, dass genau daneben ein unanständiges ist! Hast du das kapiert? Verbrecher, hab ich dir gesagt, das ist ein Verbrecherviertel! Sollte ich dich dort einmal erwischen! …«

Seine Hand blieb in der Luft stehen, bald nahm der Kerl die Angewohnheit an, mich mit Backpfeifen regelrecht zu bombardieren … Obwohl ich erst sechs war, konnte ich wie gesagt logisch denken, ich wandte ihm den Rücken zu und sagte bei mir – übrigens weiß ich noch, wie ich gerade zu jener Zeit meinen Bruder hasste: »Wenn er behauptet, dass es in diesem Viertel anständige und unanständige Häuser gibt, das heißt doch, dass er selbst schon dort war, lange vor mir!«

Aber ich schweife ab, ich verliere mich in meiner frühen Kindheit! Alaoua steht vor mir wie ein Hindernis, das alles Übrige verdeckt: seine schwere Gestalt, sein Boxergesicht, seine allseits gefürchtete Kraft. Ich habe ihn wirklich lange Zeit gehasst, diesen Ältesten, der mich prügelte, da er oft bei meinen Bestrafungen die Stelle des Vaters einnahm. Er schlug mit dem Gürtel nicht nur fest zu, sondern empfand auch, das spürte ich, Lust dabei.

Ich biss im Schmerz die Zähne zusammen und stöhnte nicht, obwohl er immer noch ein paar Schläge draufsetzte zu der Zahl, die mein Vater für meine Verfehlungen kurzerhand bestimmte. Ich bin sicher, Alaoua tat es Leid, dass er nicht der Sohn des Nachbarn von gegenüber war, bei dem erhielten die Jungen jeden zweiten Tag eine Tracht Prügel »im Voraus«, das hatte ihr Vater so verfügt. Es waren vier Knaben nacheinander und, darin waren wir uns einig, alles echte Galgenstricke!

Während mein älterer Bruder manchmal zu meinem Vollstrecker wurde (ich bin sicher, bei seiner Tätigkeit in der Politik und beim Militär, die er später aufnahm, war er fähig, zu foltern und zu töten!), warteten meine Mutter Halima und deren Mutter zitternd vor der Tür – die Großmutter war fast erblindet, hörte aber jedes Peitschen des Gürtels auf meinen Schenkeln oder Fußsohlen –, um mich anschließend in die Arme zu nehmen, in ihre Decken zu hüllen, mit kölnisch Wasser und vor allem mit Küssen zu bedecken – meine blinde Großmutter tastete meine Glieder ab, bis zu den Füßen, und streichelte mich ...

Aber es ist der Vater mit seinem kräftigen Körperbau, seiner grimmigen Art und seinem Schweigen, Si Said, der Kaffeehausbesitzer ... auch El Hadj, ein Mekkapilger und daher im Viertel hoch geachtet – er ist es, der mir heute Abend fehlt. Ich hätte mir nicht gedacht, dass dieser väterliche Schatten mich verfolgen würde, nachdem ich gerade vor einer Woche in diesem Dorf angekommen bin!

In Frankreich war meine Mutter Halima dagegen in Gedanken ständig bei mir; als sie starb, das war für mich ein rabenschwarzer Tag. Sie war schon sehr schwach, ich spürte, sie würde nicht mehr gesund werden. Ich hatte mir angewöhnt, sie jeden Sonntag anzurufen und manchmal, als Überraschung, auch am Freitag, wenn sie ihr *Dhor*-Gebet beendet hatte. Ich rechnete die Zeit nach, um sie nicht bei der anschließenden Meditation zu stören.

Dann hörte ich ihre müde Stimme, die mich bat: »Sohn, erzähle mir, wie deine Woche war.« Zuweilen fügte sie wie eine Klage hinzu: »Und immer noch keine Frau, keine Kinder, Sohn, ist das richtig?« Dann entschuldigte sie sich schüchtern dafür, dass sie indiskret gewesen sei. Bestimmt spürte sie, wenn ich nicht heimkehrte, so war es nicht mein Beruf, der mich in Frankreich zurückhielt, sondern es musste eine Frau sein.

Sie hätte wohl gesagt: »Bei unseren Söhnen dort drüben müssen wir verstehen und uns wohl oder übel damit abfinden, Frankreich bedeutet natürlich eine-Frau-in-Frankreich! – Frankreich«, so wiederholte sie mit einem schwachen Lächeln, »das muss ja eine Französin sein!« Dann seufzte sie: »Zumindest bei meinem Sohn, das spüre ich in meinem Herzen!«

Eine meiner Schwestern gestand mir, als sie mich besuchte, dass Mma Halima sich wegen ihrer künftigen Schwiegertochter sorgte: »Aus welchem Land sie stammt oder welchen Glauben sie hat, das kümmert mich wenig, Gott ist derselbe für alle seine Geschöpfe, aber ich würde gerne gehen in dem Bewusstsein, dass Berkane eine richtige Ehefrau an seiner Seite hat!«

Zufällig saß ich am gleichen Abend noch länger draußen im Mondlicht bei Rachid, der nicht hinausgefahren war und die Netze flickte. (Er hatte von meinen Brüdern die Strandkabine unterhalb des Hauses gemietet, die sich zum Meer hin ganz öffnen ließ. Dort trocknete er seine Netze. Im Sommer wurde dieser Raum allerdings von der Gemeinde requiriert; denn in der Saison wurden zwei Bademeister beschäftigt, um den Strand zu bewachen, vor allem wegen der Kleinkinder einiger Familien, die über den Tag hier lagerten ...) Rachid gestand mir, er habe noch einmal über die Demonstration von 1952 nachgedacht. Diesmal wandte er sich ungewöhnlich respektvoll an mich:

»Ist dein Vater«, setzte der Fischer an, »am Ende wirklich zum Direktor gegangen?«

»Es blieb ihm nichts anderes übrig!«, antwortete ich. »Als ich aus der Schule kam, musste ich meiner Mutter berichten – und die erzählte es dann meinem Vater –, dass Monsieur Gonzalès ihn sprechen wollte. Doch diesmal drohte mir mein Vater nicht mit den üblichen Strafen; er schien besorgt. Abends fragte er mehrfach: ›Sohn, bist du ganz sicher? Der Schuldirektor persönlich will mich sehen?‹ – ›Er hat doch zu mir gesagt: Sonst brauchst du nicht mehr in die Schule zu kommen!‹

Das wäre für meinen Vater das Schlimmste gewesen:

Sein arabisches Kaffeehaus florierte, er sah sich selbst als einen *Chaouia* und Analphabeten (im Französischen, jedoch nicht im Arabischen), der aus einem abgelegenen Bergdorf hierher gekommen war und für die Schreibarbeiten und die Steuer auf seinen Steuerberater und einige Angestellte angewiesen war, die besser Französisch sprachen als er. Daher wartete er ungeduldig darauf, durch meinen Bruder und mich möglichst bald unabhängig zu werden. Mit seiner Zuverlässigkeit bei der Arbeit und seinem Ruf als Mann des Worts sah er sich wohl schon mit einer blühenden Zukunft als Geschäftsmann, dank der Bildung seiner Söhne!«

»Und«, fragte Rachid lächelnd, »ist er tatsächlich Geschäftsmann geworden?«

»Nein, der Unabhängigkeitskampf kam dazwischen. Kaum hatte die Schlacht um Algier angefangen, es ging zuerst in unserer Kasba los, wurde mein Vater schon verhaftet, gefoltert und eingesperrt. Als er aus dem Lager freikam, nur wenige Monate vor der Unabhängigkeit, war er ruiniert, denn sein Kaffeehaus blieb während des ganzen Kriegs geschlossen! Aber das ist«, sagte ich, plötzlich gerührt über den »Alten«, der mit einem Mal wiedererstanden war, »eine ganz andere Geschichte!«

»Und er ging dann zu deinem Direktor?«, setzte Rachid neu an.

»Ich spürte, er war den ganzen Abend besorgt. Mein großer Bruder machte sich über mich lustig. ›Der Kleine kann einfach nicht still sitzen! Wenn du willst, Vater ...‹

Der gute Alaoua bot sich an, mir eine Tracht im Voraus zu verabreichen!

Mit wachsamen Katzenaugen verfolgte meine Mutter die Beratung unter Männern. Von uns allen war sie die Einzige, die Französisch las und es korrekt sprach – ihr Onkel von Vaterseite hatte sie mit elf oder zwölf Jahren aus der Schule genommen. Anscheinend war ihre Lehrerin zweimal gekommen und hatte meine Großmutter angefleht, man solle das Mädchen wenigstens bis zum Schulabschluss den Unterricht besuchen lassen. Als der Vertreter seines früh verstorbenen Bruders hatte der Onkel jedoch feierlich geschworen: ›Solange ich lebe, wird kein Mädchen unser Haus ohne Schleier verlassen! Ihre Zukunft ist, auf einen Ehemann zu warten!‹

Doch sie konnte an diesem Tag nicht für mich eintreten. Meinem Vater war bewusst, dass der Direktor es mit seiner Vorladung ernst meinte. Am Morgen schloss er sein Kaffeehaus ab und ging sehr früh zu meinem Onkel, dem Friseur. Er kam zurück, um seine Ausgehkleidung anzulegen: türkische Pluderhosen, eine mit Goldfäden bestickte Weste, die er an Festtagen trug, seinen roten Fez, der mit einem Turban aus weißem Leinen umwickelt war, setzte er auf den Kopf, was ihn majestätisch aussehen ließ, Bart und Schnurrbart waren sorgfältig gestutzt. Mit seinen Schuhen für das Aïd-Fest an den Füßen nahm er mich eher freundlich bei der Hand und sagte, immer noch mit besorgter Miene: ›Sohn, lass uns zu deinem Direktor in die Straße vom Sudan gehen!‹

Um halb elf standen wir beide vor dem Schulportal.

Wir wurden im Hof empfangen, die Schüler befanden sich gerade in der Pause. Man führte uns zu Monsieur Gonzalès. Eine kleine Weile umringten uns die Jungen aus meiner Klasse. Si Said, mein Vater, so dachte ich voll Stolz, sieht aus wie ein türkischer Edelmann, ein Caïd oder ein Aga, sie sind sicher ganz beeindruckt von ihm!

Ich erinnere mich noch an die Begegnung mit dem Direktor. Er empfing meinen Vater mit einer strengen, entschiedenen Miene. Dieser grüßte ihn zuerst, indem er sich schweigend verbeugte. Der folgende Satz von Monsieur Gonzalès hat sich mir eingebrannt: ›Also, du wirst deinem Vater übersetzen, was ich zu sagen habe!‹ Dann fügte er hinzu, während er seinen Blick von oben bis unten über die erstarrte Gestalt meines Vaters schweifen ließ: ›Bei dieser Ausstaffierung (ich erschrak, zwar hörte ich dieses Wort zum ersten Mal, aber ich spürte im Ton des Direktors die Verachtung) wird er wohl kaum Französisch verstehen oder sprechen!‹

Mein Vater hatte das Wort ›Ausstaffierung‹ nicht verstanden (oder vielleicht glaubte er, es sei als Anerkennung für seine erlesene Kleidung gemeint) und hob sogleich zu einem Redeschwall in seinem französischen Kauderwelsch und mit seiner gewagten Aussprache an – ich würde sagen, in seinem zum Schneiden harten Französisch!«

Berkane lacht kurz auf.

»Ich fasse die Rede meines Vaters hier zusammen; ich erinnere mich noch an die Würde und den bestimmten Ton, der auch dem Direktor schließlich nicht entging:

›Wenn der Junge etwas angestellt hat‹, begann er …

›Durchaus!‹, unterbrach ihn der Direktor. ›Und etwas wirklich Schlimmes. Eine Beleidigung!‹«

Berkane zögert und fügt sinnierend hinzu: »Ich glaube, er hat gesagt und dabei mit dem Finger auf mich gezeigt: ›Eine Beleidigung der Republik, des Mutterlands, Frankreichs!‹

Beim Wort ›Frankreich‹ schrak mein Vater zusammen; er machte einen Schritt auf den Schreibtisch des Direktors zu: ›Wenn er Frankreich beleidigt hat‹, erklärte er in seinem radebrechenden Französisch, ›dann nimm ihn, Herr Direktor, nimm diesen Jungen, und mach mit ihm, was du willst …‹ Er zögerte, bemerkte, dass er ihn geduzt hatte: ›Sie sind viel mehr als sein Vater!‹

Der Direktor schien über den dramatischen Ton etwas erstaunt. Er holte ein Papier aus seinem Schreibtisch: die beanstandete Zeichnung. Er zeigte sie meinem Vater mit den Worten: ›Ich sage es Ihnen ganz klar, zum Glück sind Sie gekommen, ich meinte schon, ich müsste dieses Dokument der Polizei übergeben!‹

Beim Wort Polizei wurde mir ganz schwindlig. Doch meinen Vater verriet keine Zuckung, er ließ sich nicht beeindrucken. Er warf einen raschen Blick auf das Bild, gerade so lang, um zu erkennen, dass ich unsere Fahne zeichnen konnte. Mir fiel jetzt die Frage an die Mutter wieder ein: ›Warum wird unsere Fahne versteckt?‹

Mein Vater Si Said führte dann in dem Büro des Direktors eine Nummer vor, das war echtes Theater, trotz seines zum Schneiden harten Französisch.

›Sie sehen hier vor sich einen Veteranen der französischen Armee!‹ (Si Said führte in einer angedeuteten Geste die Hand zur Stirn, als wollte er Frankreich salutieren.) ›Ja‹, sprach er weiter, ›fünf Jahre habe ich als Soldat in der Division Leclerc gedient: Herr Direktor, ich war an der Befreiung von Paris beteiligt, an der Befreiung von Straßburg!‹

Er zählte weitere militärische Dienste ›für Frankreich‹ auf. Mir entging nicht, dass der Direktor plötzlich eine gewisse Wertschätzung für Si Said an den Tag legte, er selbst war nämlich ein Drückeberger gewesen, er hatte sich zurückstellen lassen.

Als reichten seine eigenen bereits geleisteten Dienste nicht aus, trumpfte der Vater noch einmal auf: ›Mein Sohn wird ein guter französischer Soldat werden!‹

Und dann gab er mir im Zimmer des Direktors eine so gewaltige Ohrfeige, dass mir die Backpfeifen des Lehrers und des Direktors vom Vortag im Nachhinein wie Liebkosungen vorkamen. Monsieur Gonzalès schien entsetzt:

›Hören Sie auf! Man schlägt ein Kind nicht so hart! Achten Sie lieber besser auf Ihren Sohn, vor allem auf seinen Umgang!‹

Am Ende beruhigte er meinen Vater: ›Ich vergebe ihm noch einmal, ich lege die Angelegenheit zu den Akten, aber ich wiederhole, dass er sich nicht weiter mit den Strolchen des Viertels herumtreibt!‹

Ich wurde in den Schulhof hinunter zu meinen Klassenkameraden entlassen. Mein Vater bahnte sich einen

Weg durch die Gruppen von Kindern, mit dem Stolz eines Edelmanns, wie es seiner Erscheinung angemessen war. Als ich abends nach Hause kam, wartete er zu meiner Überraschung schon auf mich, dazu recht milde gestimmt. Er forderte mich auf, mich dicht neben ihn hinzusetzen, fast auf seinen Schoß. Dann schaute er mich mit einem ungewöhnlich warmen Blick an!

›Mein Kleiner‹, sagte er mir unter vier Augen in seinem Zimmer. ›Von jetzt an musst du dich in Acht nehmen! Du bist mein echter Sohn, denn du kennst unsere Fahne … Aber wir müssen geduldig sein. Der Moment wird kommen, dann wird die Fahne hier direkt vor uns wehen.‹

Nie mehr sollte ich von diesem so groben Vater eine derart innige, bewegte Stimme hören. Ich war völlig erschüttert: Ich verstand nichts von alledem, aber ich werde nie den Blick vergessen, mit dem mein Vater mich an jenem Tag ansah!«

Darauf folgt Schweigen. In der zunehmenden Finsternis der Nacht stellt Rachid, das Gesicht dem Strand zugewandt, die Frage: »Si Berkane, ist dein Vater denn noch am Leben?«

»Er hat die Unabhängigkeit noch erlebt. Aber er war müde und verbraucht und starb nach drei Jahren. Sein Kaffeehaus hat er nie mehr eröffnet. Dabei schien er heiter, nicht sehr redselig, wie immer. Er wollte die Kasba nicht verlassen!«

Berkane schweift in Gedanken weit ab, dann fügt er

hinzu: »Erst nach seinem Tod sind meine Mutter und meine Brüder nach El Biar gezogen. Gleich nach der Universität, die ich ohnehin verspätet besuchte, verließ ich das Land!«

Nach längerer Stille – es war nicht einmal das Rauschen der nahen Wellen zu hören – vermutet der Fischer: »Wenn du morgen in Algier bist, besuchst du sicher auch das Grab deines Vaters auf dem El-Kettar-Friedhof?«

»Im Moment noch nicht«, erwidert Berkane nur kurz.

Nach einer Pause fügt er hinzu: »Ich habe das Gefühl, ich bin noch nicht so weit.«

Die Kasba

I

Berkane fuhr bei Sonnenaufgang los, zuvor hatte er den Fotografen angerufen.

»Ich öffne um neun Uhr! Die Abzüge, die du brauchst, bekommst du gleich am nächsten Morgen!«, hatte ihm der Freund versprochen.

Während der Fahrt nach Algier überlegte Berkane, dass er die Nacht bei seinem jüngeren Bruder verbringen würde. Neben dem Besuch bei dem Fotografen Amar war für ihn das Wichtigste, das Viertel seiner Kindheit wiederzusehen: Dies sollte der Tag seiner wahrhaften Rückkehr werden!

Würden ihm die zwanzig Jahre des Exils plötzlich unwirklich erscheinen, ein dunkler Fluss, der hinter ihm verschwand? Würden ihm die verlorenen Orte von einst dafür wieder nahe kommen?

Im Halbdunkel der Altstadt von Algier würde er die verschlungenen Gassen wiedersehen (wie aus dem Film *Pépé le Moko*, hatte Marise immer lachend gesagt, dabei war sie nie hier gewesen). *Djazirat el bahdja*, die Schöne, Ruhmvolle, die lange uneinnehmbar getrotzt hatte, seine Stadt »in Form eines Pinienzapfens«, »die

Hochburg legendärer Piraten«, lauter Bezeichnungen aus der Geschichte, die sein Gedächtnis auf dem Weg an diesem Morgen hin und her bewegte.

Die Kasba würde ihm ihre Durchgänge zeigen, ihre verwinkelten Gässchen mit schattigen Treppen – ein Schatten ohne Geheimnis, dachte er gerührt, denn ich komme weder als Fremder noch als verspäteter Tourist, sondern als *ouled el houma,* ja, als Kind des Viertels, nur mit jäh abgebrochenen Erinnerungen.

Während er so nach Osten fuhr, spürte er eine wachsende Spannung, wie Billardkugeln glitten die wechselnden Namen der Durchgangsstraßen an ihm vorbei: die französischen Namen von gestern (Katzenstraße, Adlerstraße, Grillen- und Storchenstraße, Kondor- und Bärenstraße) und die anderen, die ihm gleich in Arabisch einfielen (Straße der Palmen, Straße vom Durstbrunnen, Gerber- und Schlachterstraße, Granatapfelstraße, Straße der Prinzessinnen und Straße vom zerstörten Haus …).

Berkanes Kasba wimmelte von Namen ebenso wie von Arbeitslosen, Drogensüchtigen, Typen aus dem Milieu, von Dockarbeitern und Bettlern, ja, alles war in Bewegung, drängte und vermischte sich. Dieses Übermaß – gleichzeitig üppig und verarmt – vielfältiger Identitäten hatte ohne Unterlass seine Nächte dort in der anderen Ecke der Welt heimgesucht, ihn, den Heimatlosen, der nicht wusste, ob er je zurückkehren würde. Die einzigen Ruhepausen in diesem endlosen Sich-Entfernen waren die Abende am Wochenende in dem Hotel an der Gare du Nord – wenn er in den Armen der Geliebten von der Stadt sprechen konnte, die er verlassen hatte, dann verschwanden die vermissten Orte, und an ihre Stelle traten zuerst die Worte, dann die Liebkosungen und zuletzt die Lust.

Da gab es Passantinnen im weißen Schleier aus Seide oder Satin, die dich mit kholgeschwärzten Augen offen anblickten, über den Gesichtsschleier hinweg, der steif auf ihrem Nasenrücken saß. Würden die wegen ihrer eindringlichen Blicke allzu auffälligen Unsichtbaren ihn diesmal ansprechen? (Berkane näherte sich den Vororten der Hauptstadt.) Wenn sie ihn früher auf den Gassen streiften, hatten einige der unbekannten Schönen seitlich einen Zipfel ihres Schleiers gelüpft, um ihm, dem kleinen Jungen, die Wade oder die Knöchel über der eleganten Sandalette zu zeigen! Schon als Kind von fünf oder sechs Jahren erkannte er diese »Damen«, die selten ausgingen, aber es stets eilig hatten. Einige von ihnen, mit einer Girlande frischer Jasminblüten um den Hals parfümiert und mit lachenden Augen, stießen ihn an. Ihr Schleier lag nur dünn über der Brust, war leicht verrutscht oder umschloss eng ihre Hüften. Berkane und die anderen Jungen beobachteten die älteren Männer, die in den Kaffeehäusern saßen, oder mischten sich unter die herumlungernden Diebe und Zuhälter, sie alle wurden zu Voyeuren, wenn ein weibliches Wesen, selbst ein kleines Mädchen, vorbeihuschte …

Als Kind verlor er sich in dieser Masse schwerfälliger Männer auf der Straße, in diesem Magma der Gerüche von Früchten oder gegrilltem Fleisch, dem Wirrwarr der Geräusche wie den Schreien oder den Klageliedern aus dem Radio, ägyptischen Liebesliedern, herzzerreißend ohne Ende. Im Exil hatte er sich häufig vorgestellt, dass der Mikrokosmos dieses verlorenen Universums seine Realität für immer bewahren müsse, doch wo sollte dieser unberührte Ort wohl sein?

In dem gedrängten Innenhof, in dem seine Mutter die Wäsche wusch und seine Schwester Näharbeiten ausführte, wurde nicht von diesen anderen gesprochen, den verschleierten oder nur halb bedeckten Frauen, die mutwillig mitten auf der Straße in einer Bugwelle des Schweigens schritten ...

Straßen voll Begehren, in dem die erwachsenen Männer, aber auch die Kinder und die Greise erstickten, die Männer saßen nur mit abwesendem oder abgewandtem Blick da und schlugen die Zeit tot ... In den Gassen am Stadtrand befand sich das Gebiet der Zigeuner oder der kürzlich eingewanderten Italiener. Auf der anderen Seite, in der Nähe der protestantischen Kirche und unweit der Synagoge, widmete sich eine proletarische Masse ebenfalls dem Nichtstun, dort jedoch verbargen sich die Frauen nicht, sie konnten sich ungehindert bewegen und sogar in die »andere Stadt« gehen, die europäische, die Stadt »der Franzosen«.

Berkane wagte sich manchmal in einen der wenigen von Europäern geführten Läden in der Marengo-Straße. Er erinnert sich noch an den Spanier, den Bäcker von dort. Auf der Flucht vor »ihrem Krieg« (Si Said, sein

Vater, sprach von »ihrem Bürgerkrieg«), nun, da war dieser Europäer mit seiner Frau Valentine hierher gekommen.

»Aus Überzeugung«, hatte der Vater erklärt, »hat sich dieser *roumi,* ein Sozialist, dafür entschieden, sein Brot in unserem Viertel zu verkaufen! Er hat gesagt: ›Ich werde mich mitten unter den Eingeborenen niederlassen!‹«

»Zum Beweis«, fuhr Si Said voll Hochachtung fort, »haben er und seine Frau einen von uns eingestellt, und sie behandeln ihn gut!«

Während Berkane am Steuer seines alten Vehikels in die Stadt hineinfuhr, dachte er an diesen Spanier. Damals, als er selbst aus dem Gefängnis kam – Berkane war beim Waffenstillstand etwa fünfzehn Jahre alt –, war der Bäcker schon gestorben. Die Witwe war nach einem Jahr nicht mehr die »Chefin« ihres Gehilfen Miloud, sondern seine Frau: Mitten in den Feiern der Unabhängigkeit hatte sich das Paar in einer fröhlichen Hochzeit vermählt, danach führten die beiden die kleine Bäckerei weiter.

Beim Spaziergang durch mein Viertel (von der Straße des Blicks, die nur aus Stufen besteht, durch einen großen Teil der Blauen Straße bis zum Kino Nedjma und ein wenig weiter, bis fast zur Moschee hinunter, gleich bei der Schlachterstraße) werde ich in die Bäckerei hineinschauen, vielleicht ist dieses Paar immer noch dort ...

Er befand sich inzwischen auf einer Ausfallstraße

mitten im dichten Stadtverkehr, der fast zum Stillstand gekommen war. Berkane sagte sich automatisch: »Ich muss den Lyra-Markt meiden.«

Er bog nach rechts in eine Straße, die sich als noch verstopfter herausstellte. Jetzt konnte er nur noch warten. Die Autos kamen meterweise voran, die Fußgänger schlängelten sich irgendwie zwischen ihnen durch. »Ich wäre besser über die Ringstraße gefahren«, bedauerte Berkane, aber es war zu spät.

Er war versunken in einer Vergangenheit der toten Bilder. Seit seiner Rückkehr hatte er im Grunde wie im Schlaf gelebt, alles vermischte sich, wankte, geriet in Fluss, vor allem die fernere Vergangenheit aus der frühen Kindheit oder die ersten Jahre in der französischen Schule.

Er ertappte sich beim Summen von Tanzmelodien, die seine Schwestern einst im Innenhof gesungen hatten, den sie mit anderen Mietern teilten. Die jungen Mädchen waren oft vergnügt, obwohl sie eingesperrt leben mussten. Nur um die Zeit der Abenddämmerung durften sie auf die Dachterrasse mit dem Blick auf das Meer und den alten Friedhof gehen, um dort ihren Träumen nachzuhängen. Als Kind nutzte Berkane die Gelegenheit, mit ihnen von dort die Welt zu betrachten.

Der Wagen rollte weiter. Plötzlich schickte sich ein Jugendlicher an, auf der rechten Seite seinen Kopf hereinzustecken.

»Bruder«, sagte er in Arabisch, »Beeilung, Beeilung!«

Es war nicht das Kauderwelsch aus arabischen und französischen Brocken, das Berkane alarmierte, sondern sein auffällig glänzender Blick.

Er kurbelte energisch das Seitenfenster hoch, dem jungen Mann blieb gerade noch Zeit, zurückzuweichen.

Berkane hatte den Blick des Eindringlings auf seine Leica ertappt, sie lag zu seinen Füßen, fiel aber durch die große Fototasche auf. Als wäre in ihm der Instinkt eines Kindes der Kasba wiedererwacht, das er war: In einer Sekunde hatte er gewusst, dass der Kerl gleich die Wagentür aufreißen würde.

Wieder kam das Geschiebe der durcheinander laufenden Fußgänger und der Autos im Schneckentempo voran. Berkane bemerkte, dass der junge Unbekannte sich auf der anderen Seite an seinen Wagen gehängt hatte. Im Rückspiegel entdeckte er einen weiteren Knaben auf der Lauer. Noch schlimmer: In der Hand hielt der ein geöffnetes Taschenmesser. Plötzlich sah Berkane, wie der Kerl einen Reifen seines Autos zu zerstechen versuchte.

Daraufhin klopfte der erste Jüngling an seine Scheibe und bedeutete ihm mit einem gespielt fatalistischen Lächeln: »Ich glaube, dein Reifen ist platt!«

Berkane beschloss, nicht zu öffnen. Er war fast sicher, dass hinten noch ein dritter Räuber folgte. Schon damals war die Taktik der Gauner seines Viertels, dass ein Dritter mit der Ware wegrennen musste, während seine vorgeschickten Komplizen die Unschuldigen spielten.

Das Auto zog langsam wieder an. »Egal wegen des

Reifens, nur raus aus diesem Schlamassel!«, knurrte Berkane, schwer gekränkt, dass er ganz in der Nähe seines Viertels auf die kleinen Gauner von heute wie ein reicher Ausländer und damit wie ein willkommenes Opfer wirkte.

»Ich muss ruhig bleiben!«, sagte sich Berkane. Vier, höchstens fünf Meter rollte der Wagen. Die beiden Strolche waren immer noch da, sie lauerten zu beiden Seiten des Simca. Der dritte, außerhalb Berkanes Blickfeld, würde den Ring wieder enger zu schließen suchen. Da hörte Berkane im Innern des Wagens ein verdächtiges Geräusch. Auch ohne sich umzudrehen, wusste er, was vorging.

Hinten schlossen die Scheiben nicht ganz dicht. Der Kerl hatte durch den Spalt wohl eine Tränengasbombe hereingeworfen. Sie sollte den nach Luft ringenden Fahrer zwingen, die Scheibe zu öffnen. Dann wäre der Komplize bereit, herbeizuspringen, um die allzu schöne Fototasche zu ergreifen – ein Geschenk von Marise und der Grund, weshalb die Räuber den Wert des Fotoapparats überschätzten.

Halb erstickt, mit roten, brennenden Augen sah Berkane nichts mehr vor sich. Er hatte aufgehört einzuatmen: »Nur nicht öffnen!«, sagte er sich immer wieder, als ginge es um seine Ehre, nicht so nah an »seinem Zuhause« zum Opfer von Taschendieben zu werden! …

Mit einem Mal floss der Verkehr wieder besser. Berkane gab Gas, ein Stück weiter öffnete er das Fenster, um endlich Luft zu schöpfen.

Nach einer weiteren Viertelstunde traf er, immer noch mit geröteten Augen, bei dem Fotografen ein. Nach seinem Bericht, den Amar ein wenig belächelte – »Sie haben dich für einen Entwicklungshelfer gehalten oder einen Touristen« –, betrachteten sie gemeinsam den erbarmungswürdigen Zustand des Autos.

»Den Reifen kann man wechseln. Aber ich möchte Anzeige erstatten! Die erkenne ich wieder!«

Amar schaute ihn bedauernd an: »Bei so einer kleinen Sache! Glaubst du, dass die Polizei deine Anzeige weiterverfolgen wird?«

Berkane wollte nicht nachgeben.

»Man merkt, dass du erst kurze Zeit wieder hier bist! Leider sind in all den Jahren nicht nur die Diebe zahlreicher geworden!«

Das sagte Amar fast mit einem bitteren Unterton in der Stimme. Dann schwieg er und schaute sich die abgegebenen Filme an.

»Entschuldige!«, erwiderte Berkane nach kurzer Pause betreten.

2

Amar und ich sind seit unserer Studienzeit in Algier befreundet. Seit damals haben wir uns fast jedes Jahr einmal getroffen, immer in Paris.

»Heute bist du mein Gast«, bestimmt Amar, »wir gehen zum Fischmarkt! Dort bekommen wir noch immer die frischesten Seebarben und die schönsten Doraden!«

»Gerne! In der letzten Woche in meinem Dorf habe ich nur Fisch gegessen.«

Zwar nehmen wir unser Mittagessen im Lärm ein, aber wir können die frische Seeluft genießen. Danach brechen wir gleich auf; ich kann die Ungeduld, »mein Viertel« wiederzusehen, nicht verhehlen. Als handelte es sich um ein verliebtes Stelldichein, fürchte ich den »Augenblick des Wiedersehens«, zugleich bin ich ruhelos vor innerer Anspannung.

Amar kennt mich fast besser als ich selbst: »*Bilati, bilati,* gemach, gemach, wie die Marokkaner sagen«, rät er mir, er hat vor kurzem eine junge Frau aus Fès geheiratet. Er verspricht, sich um meine Abzüge zu kümmern, wir verabreden uns für den nächsten Morgen.

»Ich habe mit Driss vereinbart, dass ich ihn heute besuche, wir werden einen Junggesellenabend verbringen.«

Ich stehe mit Amar fast zu Füßen der Djemaa el Djedid (die die Franzosen »Moschee der Fischer« nannten) mit Blick über den achteckigen, sehr belebten Platz.

Wir überqueren ihn noch gemeinsam, um dann jeder seines Weges zu gehen. In dieser Minute des Schauens bewegt mich, wie soll ich sagen, eine kollektive Erinnerung? Ich stelle mir den Tag vor, an dem unsere als unbezwinglich geltende Stadt entwürdigt wurde, indem die französische Armee unter Karl X. mit großem Pomp hier einzog. Der letzte Dey Hassem Pascha hatte sich noch nicht eingeschifft, er sollte später mit seinen Frauen und vielen seiner Janitscharen nach Livorno und von dort aus nach Konstantinopel fliehen.

Ich falle jedes Mal in die Vergangenheit zurück, wenn ich diesen Platz sehe, als wäre ich es selbst, der in ihrem Räderwerk um mehr als hundertfünfzig Jahre zurückversetzt würde. Warum überkommt mich hier immer wieder diese Vision?

Von meinem inneren Aufruhr zeige ich Amar nur, was mir beim Rückblick an dieser Stelle fehlt – früher hatte ich ihm so manchen Stich aus alter Zeit geschenkt (vom Schweizer Orth, vom Engländer Wild): Der Boden unter unseren Füßen ist ein Friedhof von Moscheen, Palästen, Wohnhäusern … Alles hatten sie innerhalb von drei, vier oder fünf Jahren nach dem Juli 1830 abgerissen.

»Du weißt, welche schmerzliche Faszination für mich von dieser Zerstörung ausgeht! Ich hätte Archäologie studieren sollen, um Ausgrabungen zu machen, dann hätte ich hier an diesem Platz die Steine freigelegt an Stelle der Leichen!«

Da Amar schweigt, füge ich hinzu: »Die alte *Jenina* von *El Djazaïr,* mehrere Paläste, kostbare, kunstvoll verzierte osmanische Moscheen, mehr als ein Viertel der Bauwerke im alten Zentrum von Algier mussten weichen für diese weite Fläche, für einen zentralen Platz wie in Frankreich, vor der El-Ketchoua-Moschee, die sie zu ihrer Kathedrale machten! Diese Schnelligkeit, diese barbarische Effizienz in der Zerstörung hat mir immer den Atem geraubt!«

»Du solltest das Gestern nicht nach der Logik des Heute beurteilen!«, rät mir Amar, der neben mir hergeht. »Zugegebenermaßen waren solche Zerstörungen im 19. Jahrhundert überall die Regel. Wir waren 1830 einfach dem unerbittlichen Gesetz des Stärkeren unterworfen ... Aber was ist das im Vergleich zur Städteplanung unserer jetzigen Regierung in den letzten zwanzig Jahren?«

Er nimmt mich am Arm. Amar lebt ganz in der Gegenwart, nicht wie ich in Träumen verloren. Er fährt fort:

»Wir haben in Kanada angefragt, unter dem Vorwand, in der Zusammenarbeit mit Québec würde uns die französische Sprache zugute kommen. Mit einem riesigen Budget wurde ein Modernisierungsprogramm vorgenommen, man errichtete am anderen Ende der Stadt ein so genanntes Kultur- und Freizeitzentrum, als lebten wir in deren Breiten! Daneben wurden Denkmäler für unsere Helden aufgestellt, in einem grässlichen neostalinistischen Stil!«

»Die französische Sprache hat doch mit der Auswahl der Lieferanten nichts zu tun! Es geht doch nur um die Geldkreisläufe, sie sind die marode Triebkraft unserer Städtebauprojekte. Die Menschen, die einmal dort leben sollen, werden zuletzt gefragt. Weder hört man die Vertreter der Familien an, noch werden die traditionellen Handwerker unterstützt, nein, in die eigenen Bürger hat man kein Vertrauen! Es geht hauptsächlich darum, Prämien unter geschäftstüchtigen Genossen zu verteilen! Aber das ist dir bestimmt nichts Neues! (Ich lache bitter.)

Wenn Algier damals schon existiert hätte, hätte Jugurtha nicht bis Rom gehen müssen, um ihnen seinen berühmten Spruch an den Kopf zu werfen: ›Käufliche Stadt!‹«

Eigentlich wollen wir uns verabschieden, doch wir bleiben noch ein wenig stehen, einander zugewandt, schauen in uns hinein und um uns herum, plötzlich unglücklich und darin völlig einig. Amar zeigt wie gewöhnlich mehr Ironie als ich, er sagt zum Abschluss: »Da du von unseren Helden sprichst, diese Denkmäler für die Toten stehen übrigens genau gegenüber dem Haus des Architekten Pouillon, der einen unserer alten Adelspaläste sehr schön restauriert hat. Wenn unsere Märtyrer das miterleben könnten, sie würden sich nicht noch einmal für unser Land opfern wollen. Weißt du warum?« Er zeigt höhnisch zum Himmel. »Wegen all der Scheußlichkeiten, angeblich zu ihren Ehren!«

Er wendet sich zum Gehen, ich höre ihn mit seiner grimmigen Stimme noch sagen: »Viel Glück auf deinem Rundgang, Bruder, bis morgen!«

Ich hielt der Kasba noch den Rücken zugewandt, um einen letzten Blick auf das Minarett der Großen Moschee zu werfen, etwas verdeckt vom Minarett der Neuen Moschee und weniger reich verziert, denn die Große Moschee stammt noch aus vortürkischer Zeit.

Dann legte ich den Kopf zurück, um in den Himmel zu schauen, ich füllte mir vor allem die Augen mit dem flirrenden Licht des frühen Nachmittags. Mit seinem Gleißen umgab es die Umrisse der Gebäude, der Bäume, der Dächer und die Leere des Platzes wie mit einer Aureole. Auf der Seite mit den Arkaden gingen die Leute geschäftig umher oder standen in Gruppen, einige Bedürftige saßen am Boden zusammengekauert, die Menschen auf der freien Fläche schienen dagegen wie verschwindende Schemen, unter denen sich einige Bettlerinnen abzeichneten.

Eine oder zwei Sekunden musste ich blinzeln und wie einst in meiner Jugend – ich war damals oft bis hierher gelangt, ich erinnere mich, bis zum Pferd mit dem Standbild des Prinzen von Orléans, das nicht mehr dasteht, aber in meinem Kindheitsgedächtnis erhebt es sich noch unter dem gleichen Licht –, ja, ich habe lange den ganzen Platz in mich aufgenommen, die beiden schlanken Minarette, das eine mit der Uhr und das andere, von Ibn Tachfin erbaute, dann die Brandung, die man ganz hinten ahnt, die Paschamoschee, die Halbinsel der *Amirauté* im Hintergrund, und ich meinte sogar das Stampfen der Passagierdampfer zu hören.

Dann vollführe ich plötzlich auf der Stelle eine halbe Drehung und starre neugierig auf das Dreieck »meines« Bergs, meiner Stadt »in Form eines Pinienzapfens«. Meine Kasba, meine Höhle, meine Festung, mein Viertel, *houma,* gleich geblieben dank der Dauerhaftigkeit der Steine, der in Terrassen angelegten Häuser, der schattigen Gassen und der Treppen mit den breiten Absätzen und dank der schmalen Ausschnitte von Himmel, die dir folgen, vor allem aber dank der Menge, die die Gassen füllt, dahinfließt, dank der winkeligen Gässchen, aus denen Lachen, Lieder, Männer und kleine Jungen hervorquellen und Frauen, die manchmal vorüberhasten, leichte Mädchen, das ist gewiss, solche, die ausgehen, wann sie wollen. Dieser Lärm, dieses Chaos, dieses Magma, dieses hoch über dem Meer gelegene Bergdorf, das sich zu seinen Stürmen hinneigt, in meine Kasba kehre ich zurück, ich komme, um wieder zu leben, mein Herz klopft, ich würde gerne hier schlafen, immer in ihr bleiben, um mich zu erinnern, immer auf der Straße, um in ihr zu rennen, heute oder gestern, an diesem Tag wie an jedem anderen, auch wenn ich mich anderswo befinde, bin ich doch hier …

Wir wollen wie früher nach Hause einkehren, durch Bab el Jedid!

Nach zwanzig Jahren wieder auf dem Platz des Pferdes!

O meine Kasba, mein Schiff,
meine beiden Inseln,
meine ersten Schritte …

Liebe Marise,

was soll ich Dir über meinen ersten Besuch auf dem Grund und Boden meiner Kindheit berichten?

Erst eine Woche nach meinem Einzug in Douaouda, wo ich jetzt wohne, habe ich ihn wieder aufgesucht – ich brauchte diese Zeit, um meinen Zustand des Schweigens oder der inneren Hinfälligkeit zu überwinden. Ich konnte diesen Zustand vor meinem Bruder Driss, auch vor meinem Freund Amar verheimlichen, der mir von den Fotos, die ich bei meinen ersten Spaziergängen aufgenommen hatte, sehr gute Abzüge lieferte. In Anlehnung an Eugène Fromentin könnte man sie mit einiger Berechtigung mit »Mein Herbst im Sahel« betiteln.

Ich versuche Dir zu beschreiben, wie ich von den Stätten meiner Jugend im Stich gelassen wurde. Nachdem ich sie an jenem Tag stundenlang bis zum Sonnenuntergang durchwandert hatte, es war fast Nacht, musste ich völlig erschöpft feststellen, dass ihre Wohnhäuser heruntergekommen, verfallen, ja sogar geschändet waren. Ich habe auch vergebens die Orte gesucht, die früher von Leben sprühten und wimmelten, ich habe sie gesucht, aber ich habe sie bis jetzt noch nicht gefunden!

Von diesen Ufern bin ich gestern aufgebrochen, so kommt es mir vor, es ist kaum zwanzig Jahre her. Ich hatte wirklich nur geglaubt, »ins Ausland« gegangen zu sein, es gibt nichts Gewöhnlicheres, ich glaubte, das Leben dieser Orte und ihrer Bewohner würde weiter sprudeln, wo ich es zurückließ und damit auch in mir – ich hatte gemeint, nur für einen Moment von ihm getrennt zu sein. Ein Lied aus meiner Kindheit klang immer so herzzerreißend: Du, *el menfi,* der Heimatlose! … Auch Dich halte ich, Marise, für unverändert, genau wie meine einstige Domäne, meine Kasba-Festung, obwohl Du fern bist. Jetzt hat sich mir die Kasba jedoch beschmutzt gezeigt. Neben ihrer Zerstörung entdecke ich jetzt erst, Marisa, dass die Stätten meiner Kindheit nicht mit geliebten Wesen zu vergleichen sind!

71

Ich habe mein einstiges Reich in jeder Gasse gesucht, von den Durchgangsstraßen über die kleinen Plätze, die Sackgassen bis zu den Brunnen, den Moscheen und den Gebetswinkeln an den Kreuzungen! An jenem Tag, vorgestern, haben sich mir all diese Stätten unter der erbarmungslosen Sonne gezeigt, sie sind an mir vorübergezogen wie die öden Bilder eines Karussells. Ich musste feststellen, dass sie sich fast alle in Orte verwandelt haben, an denen ein Leben unmöglich ist, in Zonen der Vernachlässigung und des Elends, in einen Raum todgeweihter Herabwürdigung!

Wohnhäuser zwischen Trümmerfeldern, alte, zu Ruinen verfallene Adelshäuser, und diese Ruinen ruhen inzwischen unter dem Müll, zuweilen musst Du über ganze Pyramiden von Abfall und Kot steigen. Im Herzen der Altstadt von Algier haben Straßenzüge eine Seite ganz verloren, als sollte Platz geschaffen werden für den Wind. Die Stellen, wo früher Kaffeehäuser standen, kleine Läden, unordentlich, aber lebendig, konnte ich nicht mehr finden oder nur mit Mühe, an den alten Eingängen, die ich manchmal wieder erkannte, fehlten oft die schön geschnitzten Türstürze von einst …

Hiermit beschreibe ich Dir nicht etwa die Folgen einer plötzlich eingetretenen Katastrophe oder eines Erdbebens, dessen Schäden die Bewohner nur langsam beseitigen – denn zumindest in der oberen Kasba ist das Gefüge teilweise erhalten, nur schauen Dich die Häuser und die Leute an wie von einem anderen Stern. Gewiss, die Mieter wohnen häufig erst seit 62 hier, als der starke

Zuzug vom Land die Lücke füllte, die von der weißen Unterschicht hinterlassen wurde. Diese war aus dem benachbarten Bab el Oued oder der Marengo-Straße und der Gegend um die Synagoge in einigen Wochen des Sommers 62 aufgebrochen, als ginge es zur Saisonarbeit ... Die von anderen eingenommenen Häuser scheinen, ich weiß nicht warum (vielleicht auch nur unter dem scharfen Blick eines Kindes, das sich an das Viertel erinnert), ja diese früher der weißen Unterschicht vorbehaltenen Orte scheinen noch immer auf sie zu warten.

Entschuldige meine Erschütterung: Ich werde die schlimme um sich greifende Krankheit, die ich bei dieser fruchtlosen Rückkehr festgestellt habe, später von allen möglichen Seiten beleuchten. Im Moment gelingt es mir – wie einer Katze mit einem verwirrten Wollknäuel – noch nicht, meine Empfindungen, oder besser gesagt, meine Erstarrung einzuordnen.

Verfallene Häuser mit Familien, die vor einigen Tagen hier angekommen zu sein scheinen und nicht schon vor Jahren ... Männer und Jungen, die unter Torbögen, in einer Sackgasse kleben. Ich bemerke immerhin, dass mehr weibliche Wesen auf der Straße sind, oft junge Mädchen mit der Schultasche in der Hand und einem raschen Schritt. Mir fällt auf, dass kaum noch elegante weiße Schleier hier zu sehen sind, die die Hüften unterstreichen, auch nicht der leuchtende Blick der allzu augenfälligen Unsichtbaren. Andere Passantinnen hasten jetzt vorüber, sie sind unter langen Tuniken verborgen, von grauer Farbe wie in Marokko, und ihre Haare verschwinden unter dem schwarzen Kopftuch der Iranerinnen.

Liebe Marise-Marisa, wie Dein Vorname, so ist auch meine Enttäuschung über die Rückkehr in mein Viertel gespalten. Das Wiedersehen hat unwiederbringlich einen Sprung, es driftet ab, wie ein Schiff, das sich zur Seite neigt, bevor es untergeht. Wie soll ich daraus nicht folgenden Schluss ziehen: Wegen ihres ungehinderten Verfalls, ihrer kollektiven Vernachlässigung ist meine Kasba, meine Stadt, in der jeder nur noch Einzelner ist und nicht mehr das Mitglied einer Gemeinschaft, einer lauten, aber lebendigen Vereinigung, ist dieses Bergdorf in der Stadt und am Meer wegen seiner erbärmlichen Verwahrlosung für mich zur Wüste geworden ...

Nun bin ich endgültig ratlos: Gilt dies wirklich nur für meine Kindheit? ...

Ich müsste Dir beschreiben, wie es mir plötzlich unmöglich war, Worte zu finden: Seit gestern habe ich sowohl Rachid, den Fischer, als auch den Lebensmittelhändler und Dominospieler gemieden ... Ich tauche in die Stille ein wie eine Witwe von einst, die vierzig Tage im Dunkeln, in der Meditation ausharren muss, und in diesem Übergang, in dem ich meiner Unfähigkeit ausgeliefert bin, meine Verstimmung auszudrücken, versuche ich, indem ich Dir schreibe, ein Gegenmittel zu finden!

Berkane

Auch dieser zweite Brief an Marise wird unversiegelt auf meinem Schreibtisch liegen bleiben wie der andere. Ich wünsche, dass er mir hilft, auch wenn ich nicht weiß, wo meine Verstimmung herrührt: vom allmählichen unumkehrbaren Niedergang des Viertels meiner Kindheit, einer von den Behörden nahezu absichtsvollen Vernachlässigung, die nicht einmal der ruhmreichen Vergangenheit dieser Stätten Rechnung trägt. Zur Erinnerung an die »Schlacht um Algier« hat man sich damit begnügt, die alten Straßennamen, die an die Kolonialzeit erinnerten, einfach durch Namen der vielen Opfer der Repression von 1957 aus dem Standesregister zu ersetzen! Gehört diese Betäubung des kollektiven Gedächtnisses wirklich zum Los der Länder der Dritten Welt? Als ob die Erinnerung an das Leiden nicht mehr bedeutet als das Anbringen eines Namens und fertig! Ist dies nicht der Beweis dafür, dass die gesamte Gesellschaft völlig atemlos nur vorwärts rennt, sich blindlings auf das materielle Überleben stürzt?

Die flüchtigen Spuren sind verloren in diesem lebendigen Herzen der Hauptstadt!

Aber ich trete auf der Stelle: Ich kam nicht als Heilsbringer hierher ins Land der Geburt. Wenn die Orte mir so viel bedeuten, warum bin ich dann nicht wieder zu Hause eingezogen, in der Blauen Straße, gegenüber dem Kino Nedjma – ebenfalls, wie ich feststellen musste, nur noch eine verlassene Baracke mit urinverschmierten Wänden?

Wenn ich Städteplaner, Architekt oder Stadtsoziologe wäre, müsste ich tatsächlich mitten an den Orten des Niedergangs wohnen ...

Als Odysseus nach einer Abwesenheit zurückkehrte, die kürzer war als die meine, landete er unerkannt in Ithaka, nur sein Hund, der an ihm schnupperte, erkannte ihn unter seinen Lumpen eines Landstreichers. Doch keine treue Gattin wartet zu Hause auf mich, einige könnten bemerken, dass ich mich erst auf die Rückkehr verlegt habe, nachdem »sie« unsere Trennung wollte, die »Französin«, wie meine Mutter sie traurig nannte!

Mir fiel die Zeit (zu Anfang unserer Beziehung) wieder ein, als Marise eine der beiden weiblichen Hauptrollen in einem amerikanischen Stück spielte, auf einer kleinen Bühne im 14. Bezirk von Paris. Es war ihr erster Erfolg.

Mich faszinierte die Leistung meiner Freundin sehr. Zwei Stunden eines schwierigen Textes, ohne Bühnenbild (nur eine Lampe, ein schmales Bett, ein Stuhl). Im Stück führt Marilyn Monroe vor ihrem Tod einen langen Dialog mit dem Phantom ihrer Jugend, als sie zwanzig Jahre davor als Schauspielerin debütierte. Dies geschieht in einer Beleuchtung, die allmählich immer schwächer wird, während Marilyn im Delirium – so waren wohl ihre letzten Minuten – wild, ohnmächtig, halluzinierend um sich schlägt.

An zehn oder zwanzig Abenden setzte ich mich hinten in den Zuschauerraum und vergaß mich, verschmolz beim Zuhören mit den wechselnden Zuschauern. Ich schloss die Augen, ich verfolgte die Stimme der Halluzinierenden in ihren unendlichen Variationen, jeden Abend war sie die gleiche und doch immer anders ... Ich hatte das Gefühl, dass dies nie aufhören dürfe, sodass ich danach Marise nicht mehr spielen sehen wollte, wenn ein neues Stück aufgeführt wurde. Ich fürchtete (auch wenn ich mich vor den Premierenabenden in der Garderobe um sie kümmerte, ihre stumme Angst beruhigte), dass der Wunsch in mir übermächtig werden könnte, wieder die gleiche Klage zu hören, den Gesang der tief in der Kehle verborgenen Seufzer. Ich blieb der einsam verweilende, ständig anwesende Zuhörer, wurde traurig oder lachte im Echo auf die Frau, die dort oben, allen sichtbar, unter den Scheinwerfern lebte ...

Heute weiß ich, warum die Magie bei mir wirkte: Tief verborgen in meinem Gedächtnis fand ich in dieser Zusammenkunft der Schauenden einen Widerschein der Abende vom Kino Nedjma, in der Kasba ...

3

Nach einer Nacht, die ich in tiefem Schlummer verbrachte, wurde mir unter der eiskalten Dusche plötzlich klar, dass ich noch einmal dorthin zurückkehren musste, wo meine Kindheit noch heute für mich lebt. Als hätte, während ich in dieser Nacht gelähmt lag, mein Unterbewusstes die ganze Zeit heimlich an der Lust gewirkt, noch einmal hinzugehen, einen weiteren Versuch zu wagen. Fast wie ein Verliebter, der bei der Angebeteten noch einen zweiten und letzten Versöhnungsversuch unternimmt …

Ich bin am nächsten Morgen ohne Unterbrechung bis zur Kasba gelangt. Bei der Einfahrt in die westlichen Vororte wählte ich eine andere Strecke. Einen Schleichweg durch ineinander verwinkelte Straßen, die mir, vielleicht wegen meiner überzogenen Geschwindigkeit, überraschend verkehrsarm vorkamen. Ich fuhr an der Zitadelle und am Barberousse-Gefängnis vorbei. Dann stellte ich den Wagen an der Ecke des Marengo-Parks ab, denn ich wollte den Verkehr um den großen Märtyrerplatz meiden.

Wie zu einer dringenden Verabredung (ich fragte mich, mit wem) ging ich eiligen Schritts zunächst am Grand Lycée vorbei, bei dem ich immer an Albert Camus denken muss. Als Jugendlicher stieg er jeden Tag an dieser Stelle aus der Straßenbahn, die ihn von Belcourt, am anderen Ende der Stadt, hierher, zum Tor der Kasba, brachte. Er hat sie wohl selten betreten, denke ich …

Zu jener Zeit war ich noch nicht auf der Welt, meine Eltern hatten noch nicht einmal geheiratet, meine Mutter wurde mit ihren zwölf Jahren gerade gezwungen, von der französischen Schule abzugehen. Das alles, ein Traum von Schemen, die mir zugleich unbekannt und allzu bekannt sind. Camus, ein *pied noir*, der mir gleichsam einen Nasenstüber gab, als wollte er sagen: »Nicht das Grand Lycée ist für dich, Kleiner, nicht die Universität, nur ganz einfach die Literatur; Schriftsteller oder Schreiberling, was macht das aus, den Traum unter den Fingern spüren, in der Sprache, wenn sie leise redet oder schweigt, aber stets von Sonne bestrahlt ist ...« Das alles ...

Wenn ich vor dem Grand Lycée flanieren könnte, während die Jungen sich beim Aussteigen aus der lauten Straßenbahn anrempelten, würde ich zum x-ten Mal in Dialog treten mit dem einzigen hier geborenen Franzosen, dem es gelang, untilgbare Spuren dessen zu hinterlassen, was einmal mein Land war. Der zweite nach Eugène Fromentin – der als scharfsichtiger Beobachter einige Zeit hier verbrachte. Das Land war zwar eine französische Kolonie, aber dennoch das meine. Camus betrachtete es mit einem fruchtbaren Blick, wie eine arabische Frau über dem seidenen Gesichtsschleier, freilich musste er nicht die Lider senken wie sie.

In diese Reihe stelle ich Eugène Delacroix, den Vater, auch Guillaumet und den anderen Albert, Albert Marquet, den Freund von Matisse. Unter diesen Zeugen für mein Land, wie es einmal war, befinden sich häufig Maler, denn sie sind die Könige, stammen von nirgendwoher und von überall. Es war schon immer so auf beiden Seiten des Mittelmeers – es kamen Abenteurer, Korsaren, Renegaten, aber stets auch staunende Maler ... Für sie war es eine Offenbarung, ein Königreich für die Augen.

Während ich mich meinem Viertel näherte, doch bevor ich zur Blauen Straße kam, betrat ich fast automatisch den ersten offenen Friseursalon, wie es jeder Alteingesessene nach längerer Abwesenheit zu tun pflegt.

Nur mit der Wendung des Kopfes und dem Schließen der Augen versetzte ich mich zwanzig Jahre zurück in den Laden meines Onkels mütterlicherseits, Mouloud mit dem Spitznamen Tchaida, der nun schon lange tot ist. Der Friseur, der ihm nachfolgte, inzwischen ein alter Mann, erkannte mich und war höchst erstaunt:

»Tchaida!«, seufzte er, dann korrigierte er sich leise: »Si Mouloud! Gott schenke ihm sein Heil, es ist wie gerade gestern … Mein Sohn, er ist unvergessen, da kannst du sicher sein!«

Und die zugleich belastende und leichte Vergangenheit stieg jäh an die Oberfläche.

Ich bin wieder in dem winzigen Laden, der mir als Kind wie eine Höhle aus Tausendundeiner Nacht vorkam. Der ehemalige Besitzer Tchaida hatte nach kurzer Karriere als Boxer in Frankreich wieder das Friseurhandwerk aufgenommen und konnte sich anschließend in der ganzen Kasba den Ruf eines »Haarkünstlers« verschaffen. Er nahm durchaus nicht jeden Kunden, der zu ihm kam. Zunächst beurteilte Tchaida mit dem abschätzenden Blick eines Ästheten, ob der Kopf auch des Haarschnitts würdig war, den er ihm verpassen würde (dabei forderte er den Neuling auf, sich von allen Seiten im Profil zu zeigen). In diesem Fall benötigte er mindestens zwei Stunden für die Arbeit (er ging sogar so weit, die Strähnen sorgfältig mit einer brennenden Kerze zu kürzen) und verlangte dabei von seinem Klienten eine nie erlahmende Geduld …

Es hing auch viel von der Zeit ab, wann der Kunde vorsprach: Im Allgemeinen war der einzige günstige Moment gleich nach der täglichen Heroinspritze und mindestens einige Stunden bevor der Friseur zum Rotwein überging. Er schloss gewöhnlich den Abend mit einer *Kif*-Zigarette ab, die er zumeist in einer Runde von Freunden rauchte … im Laden sah es dann aus wie in einer Kifferhöhle.

Er wohnte noch bei seiner alten Mutter ganz in der Nähe und aß auch dort zu Abend, seiner Mutter muss der Haschischgeruch entgangen sein, denn Mouloud (in der Familie fiel das Pseudonym aus seiner Zeit als Sportler unter den Tisch) hatte großen Respekt vor ihr …

Tchaida war in meiner frühen Kindheit (bis ich elf war) die mir am nächsten stehende und zugleich in ihrem Benehmen befremdlichste Person. Als lebte er nicht in derselben Welt wie mein ehrwürdiger Vater und mein schrecklicher Bruder. Ich liebte Tchaida, und er schenkte mir sein volles Vertrauen.

Ich stand ihm fast jeden Tag zu Diensten: Er zählte auf mich, als wäre ich, so klein, wie ich war, verantwortlich für seine Versorgung mit Drogen, denn er verließ sich darauf, dass ich ihn liebte.

Ich sehe mich die enge Straße des Nils in ihrer ganzen Länge hinunterrennen (arabisch hieß sie *zenkette el meztoul*, Straße des Süchtigen). In der Tat ist sie die engste Gasse der Kasba, kaum einen Meter breit und dabei mindestens hundert Meter lang.

Schon als Kind war mir ihre Geschichte bekannt: Der Maurer, der sie einst baute, hatte dabei so viele Joints geraucht, dass er jede Vorstellung vom Maß verlor. Darauf bezieht sich auch der arabische Name der Gasse.

Mich erinnerte der Maurer im Drogenrausch an meinen Onkel, für den ich meine Botengänge erledigte. Mein Vater durfte natürlich nichts davon wissen. Ich sehe mich wieder um die Mittagszeit meinen Lauf an der Nil-Straße beginnen, es ging dann stets auf die gleiche Weise weiter: vom Durstbrunnen über die Backstube an der Traufe – der Bäcker war berühmt für seine ringförmigen Kuchen, die *keu-katts,* die von den Bürgerinnen für ihren Nachmittagskaffee bevorzugt wurden –, vorbei am begehrtesten Laden für Jasminketten und Orangenblüten. Am Sidi-M'hammed-Chérif-Brunnen biege ich ab und renne an der Es-Safir-Moschee (Moschee des Reisenden) entlang. Beim Atemschöpfen vor ihren zugezogenen Vorhängen höre ich die monotonen Litaneien der hochwürdigen Theologen. Ich bin fast am Ziel: Gleich nach dem kleinen Witwenbrunnen wartet der Matratzenhändler in seiner Ecke unter freiem Himmel schon auf mich, da kann ich sicher sein. Bucklig und alt sitzt er neben einem Schild, auf dem in Französisch und in Großbuchstaben steht: A VONDRE (ZU FERKAUFEN), doch der Fehler kümmert ihn nicht weiter. Jedem Interessenten, der ihn nach dem Preis der Matratze fragt, gibt der Bucklige verächtlich zur Antwort. »Ist schon verkauft!«

Doch ich weiß, im Innern der Matratze lagert eine wertvollere Ware. Schweigend strecke ich dem Mann die schwere Münze hin, die mir mein Onkel gegeben hat (zusammen mit einer kleinen, leichteren für meine Bonbons).

Aus Gewohnheit wirft der Bucklige einen Blick hinter mich, um sich zu vergewissern, dass mir niemand gefolgt ist. Dann bückt er sich und holt aus der Matratze ein dreieckiges, in Wachspapier gefaltetes Päckchen. Ich weiß, es enthält die tägliche Dosis weißen Pulvers für Tchaida.

Jetzt renne ich wieder in die entgegengesetzte Richtung bis zum Friseursalon in der Straße des Blicks. Sobald er mich sieht, schließt der Onkel die Tür ab. Ich finde ihn ganz hinten im Laden. Vor meinen Augen schüttet er vorsichtig den Inhalt des Päckchens in ein Behältnis, gibt ein wenig Leitungswasser hinzu und vermischt das Ganze rasch. Dann nimmt er eine Spritze und füllt sie mit der Flüssigkeit – manchmal trinkt er dabei gierig den letzten, im Behältnis verbliebenen Tropfen aus. Immer noch mit der gleichen Präzision, denn das Kind, das ich bin, schaut ganz genau zu, knöpft er einen Ärmel seines Hemds auf, nimmt eine Abschnürbinde, die er über dem Oberarm festzieht, damit die Vene anschwillt – ich kann dabei die Muskeln meines Onkels, des ehemaligen Boxers, bewundern. Ich wende den Kopf nicht ab, sehe, wie er sucht, dann die Nadel einsticht und schließlich die Flüssigkeit langsam einspritzt, während Schweißtropfen auf seiner Stirn erscheinen, er die Augen schließt und ich nicht mehr für ihn existiere. Am Ende zieht er die Spritze heraus, sinkt in seinem Sessel zusammen, löst, immer noch mit geschlossenen Augen, den Gummizug der Binde, dann fällt sein Kopf plötzlich nach vorn. Er sitzt still und ist weit, so weit weg, dass es mich fast ängstigt. Für mich ist es Zeit, vorsichtig hinauszugehen. Ich habe ihm geholfen, jetzt muss ich nach Hause, darf der Mutter nichts sagen, bloß nicht der Mutter, auch nicht meinem Bruder, der mich an der Ecke der Blauen Straße erwischt und als »Trödler« beschimpft.

Obwohl ich noch so klein war, hatte ich schon ein Geheimnis: Mein Onkel vertraute mir, es sollte so bleiben bis zu seinem Tod!

Aus dem gleichen Salon, in dem ich mich jetzt befinde, machte mein Onkel einen beliebten Ort für Süchtige wie er selbst, einen richtigen Zirkel von Haschischrauchern.

Gewöhnlich gingen ganz hinten im Laden die selbst gedrehten, mit *kif* prall gefüllten Zigaretten unter Freunden von Mund zu Mund. Ich sehe sogar wieder die Pfeife, ihr Kopf war in eine Schüssel mit Wasser getaucht, und jeder sog der Reihe nach an ihr. Am Ende waren alle in eine Wolke von Rauch gehüllt, und die Gespräche rannen in Zeitlupe, in einem seltsam sanften Ton.

Solche Zusammenkünfte von *Kif*-Rauchern fanden auch im Café an der Quelle in der Staouéli-Straße statt. Zumindest bis zu jenem Tag mit Ali-la-Pointe am Anfang der »Schlacht um Algier« (der Spitzname verwies auf seinen Herkunftsort Pointe-Pescade). Ali war ein Held, da er gleichzeitig von der Armee, der Polizei und den Spitzeln gesucht wurde. An diesem Tag fiel dieser Ali-la-Pointe, seinen Verfolgern zum Trotz, im Café an der Quelle ein und verkündete, dass er jeden Süchtigen des Viertels vor aller Augen auspeitschen würde … Schon am nächsten Morgen schritt er zur Tat, nur hundert Meter vom Militärposten der Zuaven entfernt. Diese Lektion sollte zeigen, dass in diesem Frühjahr 1957 der Moment für den unnachgiebigen Kampf um die Unabhängigkeit gekommen war, anstatt Zuflucht bei Opium und *kif* zu suchen. Diese Lektion wurde von Ali-la-Pointe persönlich erteilt, der es noch im Winter desselben Jahres 57 vorzog, sich in seinem Versteck in die Luft sprengen zu lassen, statt sich den Soldaten zu ergeben.

Doch mein Onkel Tchaida war zu diesem Zeitpunkt schon tot, auch er starb unter dramatischen Umständen. Er blieb damit seinem Leben im Rausch und schlussendlich sich selbst treu.

Über die Geschichte meines Onkels habe ich mit meinem Freund, dem Fischer, erst am nächsten Tag gesprochen. Er hörte mich schweigend an. Dann fragte er:

»Du hast doch neulich davon erzählt, ich glaube es war ein deutscher Dichter, der einmal gesagt hat: ›Unglücklich das Land, das Helden nötig hat.‹ Nicht wahr?«

»Ja, das war Bertolt Brecht. Als Exilant fern von seinem den Nazis ausgelieferten Land stellte er sich in einem Theaterstück die Frage, was ein Held ist.«

»Die Helden aus dem Unabhängigkeitskampf in Algerien wurden *moudjahidin* genannt, es ist doch ein religiöser Ausdruck?«

»Er trifft nicht auf den Helden meiner Kindheit zu. Er galt als ›der Allerletzte‹, weil er jeden Tag Drogen nahm! Aber nach seinem tragischen Tod haben die einfachen Leute in ihm ein Vorbild gesehen …«

»Nach seinem Tod?«, fragte Rachid.

Ich schwieg, schweifte in Gedanken ab. Schließlich musste ich es erzählen.

»Während sich die Attentate in der Stadt häuften, hatte mein Onkel Tchaida plötzlich eine seltsame Vorahnung und kam zitternd, aber diesmal klar im Kopf bis in unser Haus, wo sich meine Großmutter gerade nach einer schwierigen Augenoperation erholte.

Er wolle sich, wie er sagte, von jedem von uns verabschieden! Wir nahmen seine Worte nicht ganz ernst, ich saß dabei und wusste als Einziger, dass ich ihm an diesem Tag nichts besorgt hatte. Ich ahnte auch nicht, dass er, der Drogensüchtige, der Märtyrer dieses Tages sein würde. Der geniale Friseur, der nur bediente, wer ihm gefiel, denn mein Onkel arbeitete schließlich nicht für Geld, sondern für die Kunst!

Wir saßen in unserem Innenhof – es war schon später Nachmittag, die Nachbarn hatten uns gewarnt: ›Passt heute Abend auf, die Patrouille hat gemeldet, dass die Ausgangssperre auf sechs Uhr vorverlegt wird. Die Straßen sind schon jetzt fast menschenleer, die Männer beeilen sich, nach Hause zu kommen, so gefährlich ist es!‹ Da stürzte Tchaida herein, sah uns alle im Kreis um ihn an und rief voller Pathos, mit Tränen in den Augen aus:

›O meine Blutsverwandten, o ihr Angehörigen, o meine Lieben, ich komme, um von euch Verzeihung zu erbitten!‹

Wir alle waren erstaunt und sagten uns: ›Der ist wieder berauscht!‹

Ich glaube, es war ein kleines Mädchen, das ihn darauf hinwies, dass seine alte Mutter mit dem Kopfverband Ruhe brauchte und …

Aber Tchaida hörte auf niemanden. Er fuhr in der Verabschiedung fort: ›Ich brauche eure Vergebung! Ihr werdet mich nie wieder sehen! Heute Abend … jetzt oder nie müsst ihr mir sagen, dass ihr mir vergebt!‹

Bei der allgemeinen Verärgerung über den Onkel war meine Mutter die Einzige, die genügend Geduld oder Mitgefühl aufbrachte, um ruhig mit ihm zu sprechen: ›Was hast du denn, mein Bruder? Geh friedlich nach Hause! Gleich ist Ausgangssperre!‹

Und meine Großmutter stöhnte, ihre Augen waren nach der schweren Operation vom Vortag ganz mit Verbänden bedeckt. ›Halima, beruhige diesen Verrückten!‹, rief sie aus. ›Erkläre deinem Bruder, dass ich ihn nicht einmal sehen kann! Die Ärzte haben mich besonders darauf hingewiesen: Sie dürfen auf keinen Fall weinen! Sonst misslingt die Operation, und Sie werden blind! Sag ihm das, meine Tochter Halima, sag deinem

Bruder, dass ich ihn nicht sehen kann! Er soll nach Hause gehen ...‹

Aber die Litanei des Onkels brach nicht ab, sie wurde nur lauter und erregte sogar die Aufmerksamkeit der Nachbarn auf der Terrasse:

›O ihr Gläubigen Gottes und ihr Angehörigen meiner Familie, gewährt sie mir, meine Vergebung! O Leute meines Bluts und meines Stamms, sagt mir, Mutter, Schwester, dass ihr mir vergebt! Für meine schweren Sünden und mein verpfuschtes Leben, vergebt mir, die ich euch so sehr geliebt habe!‹

Seine Klage übertönte die seiner Mutter, die ihren Sohn einen Wahnsinnigen nannte, die nicht aufhörte, sich selbst zu beseufzen, während meine Mutter immer wiederholte:

›Pass auf, es ist Ausgangssperre, es ist schon nach sechs! Nimm dich in Acht!‹

Sie ging ein paar Schritte zu seiner Begleitung in die Vorhalle, aber mein Onkel eilte hinaus, ohne seine Klage zu unterbrechen, bis er die Blaue Straße erreichte.

Dort wandte er sich mit seiner herzzerreißenden Stimme an die Passanten (›O meine Nachbarn, ihr Getreuen Gottes, vergebt mir!‹). Er ruft das ganze Viertel zu Zeugen, dachte meine Mutter, während sie besorgt zu uns zurückkehrte: ›Die Ausgangssperre wurde heute auf sechs Uhr vorverlegt!‹, murmelte sie wieder, fast als spräche sie nur zu sich. Da drangen zwei Befehle von draußen herein: ›Halt! Stillgestanden!‹

Ich rannte zum Fenster, hörte eine Maschinengewehrsalve. Meine Mutter brüllte, ich selbst schrie: ›Es ist mein Onkel! Sie haben auf ihn geschossen! Er ist verletzt!‹

Am Fenster konnte ich ihn sehen: Er stand und hielt sich mit beiden Armen seinen Rücken. Die Augen zum Himmel gerichtet, setzte er seine Klage fort: ›Leute aus meinem Viertel, ich bitte euch …‹

Zwei Militärs erreichten ihn, ein Offizier und der Zuave, der auf ihn geschossen hatte. Doch Tchaida lag jetzt am Boden, auf dem Rücken, ein Bein hielt er angewinkelt, und seine Hand krallte sich ins Pflaster. Er schien noch etwas zu sagen, seine Lippen bewegten sich, er bat alle, die ganze Welt, um Vergebung. Meine Mutter hinter mir brüllte, rief nach ihrem Bruder und sank dann schluchzend zusammen: ›O Mutter, sie haben meinen Bruder getötet!‹

Meine Großmutter hatte sich erhoben, stand mitten im Innenhof. Sie begriff nun alles und riss sich die Verbände von den Augen. Nein, sie weinte nicht, aber sie wollte fortan blind sein! Sie sollte so noch zehn Jahre bis zu ihrer Sterbestunde leben.

Ich selbst las am nächsten Morgen noch vor dem Begräbnis begierig die Zeitung: Dort stand schwarz auf weiß, im Herzen der Kasba sei ein Terrorist exekutiert worden. ›Der Täter war bewaffnet …‹

Bis zum Alter von zwölf Jahren hatte ich fest daran geglaubt, alles Geschriebene sei heilig!«

Am Ende meiner Erinnerungen wende ich mich meinem Freund Rachid zu, ich bin kein Kind, auch kein

Heranwachsender, ich bin bereits ein reifer Mann, nun selbst aus der Emigration in Frankreich zurückgekehrt, und es geht mir fast ebenso schlecht wie meinem Onkel Tchaida:

»Siehst du, Tchaida war für mich als Kind eindeutig ein Held, ein unglücklicher, verletzlicher Held. Auf Grund der Hellsichtigkeit seiner letzten Stunde scheint er mir von allen Leuten aus meiner Kasba der einzige ›Unschuldige‹ gewesen zu sein – kein politischer, nicht einmal ein Nationalheld. In gewissem Sinne der absolute Held, da er sich im Vorhinein von uns verabschiedete!«

II

Lieben. Schreiben

Einen Monat später

Nicht Sonne noch Mond noch Sterne
Schenkten mir Licht
Sondern das Dunkel
und das Licht der Liebe in mir
dessen Leib ihre Strahlen durchziehn.
Gunnar Ekelöf

Die Besucherin

Driss ließ mich mit der Besucherin allein, gleich nachdem er uns vorgestellt hatte. Nun sitzt sie vor mir.

»Ich möchte nicht bei starkem Verkehr auf der Autobahn nach Algier zurückfahren«, hatte er zu seiner Entschuldigung gesagt.

Ich stand schon hinter ihm in der Tür, um wieder in meine Wohnung im ersten Stock zu gehen. Da sprach mich Nadjia mit einer Altstimme, die mir gefiel, und in einem leicht gedehnten Französisch an:

»Berkane, Sie … ich darf Sie doch Berkane nennen?«

»Ja, natürlich!«

»Bitte leisten Sie mir noch einen Augenblick Gesellschaft, wenn es Ihnen nichts ausmacht!«

Ich setzte mich wieder hin, schaute schweigend zu, wie sie in dem Wohnzimmer hin und her wanderte.

»Nur bis ich mich umgesehen habe«, sagte sie leise. Sie betrat den zweiten Raum, in dem Driss ihren Koffer abgestellt hatte.

Ich schaute eine Weile aufs Meer. Das große Fenster öffnete sich zu einer Terrasse, das gab der Wohnung, die im Geschoss unter der meinen lag, ihren Reiz.

Früher, in den ersten Jahren nach der Unabhängigkeit, als das Haus noch meiner Familie gehörte, pflegte an Sommerwochenenden die ganze zahlreiche Verwandtschaft von der Seite meiner Mutter anzureisen. In dieser Etage, wo meine Mutter und meine Schwestern Hof hielten, versammelten sich manchmal zwanzig Personen und mehr auf der Terrasse zum Mittagessen. Mehrere Sonnenschirme schützten uns dann vor den Blicken der Sommergäste, die den Tag am Strand verbrachten.

Nadjia sagte sanft, ich hatte sie nicht zurückkommen hören, ganz nah bei mir: »Dieses Haus wird Sie an die Sommer in Ihrer Jugend erinnern, nicht?«

»Ja, wirklich – ich bin 1970 weggegangen, vor gut zwanzig Jahren!«

Ich stand auf, wandte der Terrasse, dem Meer den Rücken zu und setzte mich ans andere Ende des Raumes.

»Die Möbel in diesem Wohnzimmer sind immer noch dieselben«, stellte ich fest. »Nur, damals lebten mein Vater und meine Mutter noch!«

Nadjia ließ sich mir gegenüber nieder.

»Ich weiß, was das bedeutet«, bemerkte sie verträumt. »Das ist das Schwierigste am Weggehen … Zwar sind meine Eltern noch beide am Leben (sie seufzte), aber als meine Großmutter aus Tlemcen vor vier oder fünf Jahren starb und ich zurückkam, spürte ich die Leere. Sie war meine richtige Mutter gewesen …«

Ich regte mich nicht. Sie erhob sich erneut, nun achtete ich nicht mehr darauf, was sie tat. Nach kurzer Zeit brachte sie ein Tablett mit Gläsern und Kaffeetassen aus Porzellan. Ohne mich zu fragen, schenkte sie mir, dann sich selbst ein und setzte sich wieder: heißen Kaffee, ein Glas Mineralwasser, ein paar Kekse auf einem Teller …

Man konnte meinen, sie hätte hier schon gewohnt oder wäre mit Driss schon einmal hier gewesen (plötzlich befiel mich der Schatten eines Zweifels) und nähme nur ihre Gewohnheiten wieder auf.

Den Kaffee und das Wasser hatte sie auf den Tisch gestellt. Ich trank den brühheißen Kaffee in kleinen Schlucken. Wir schwiegen, während sie mich betrachtete.

Ich sagte mir, ich sollte aufbrechen, sie war schließlich nicht mein Gast, sondern der von Driss, auch diese Wohnung gehörte im Übrigen meinem Bruder. Ich sollte lieber hinaufgehen zu mir. Doch ich rührte mich nicht von der Stelle.

Als ich meinen Blick ihr zuwandte, bemerkte ich, dass sie gedankenverloren in die Ferne schaute.

Unvermittelt begann sie zu sprechen, ich war überrascht, denn in ihrer Stimme schwang plötzlich eine verborgene Aggression mit, wie bei jemand, der zu lange stillgeschwiegen hat, etwa um ein Geheimnis zu bewahren, oder den Bitterkeit oder Schmerz erstickt haben. Ich weiß es nicht, denn mir blieb nicht die Zeit, diese Frage zu entscheiden. Sie stieß nur ein paar Worte hervor, und da ich weiterhin schwieg, wiederholte sie ihren Satz mit der gleichen unterschwelligen Heftigkeit:

»Schon vor vielen Jahren bin ich aus diesem Land weggegangen«, begann sie. »Jedes Mal, wenn ich zurückkommen muss, wegen der Familie oder wegen anderer dringender Angelegenheiten (sie schnippte nervös mit den Fingern), spüre ich in mir eine Wut! ...«

Ich schaute sie aufmerksam an, wartete ab.

»Jetzt war ich in Algier, und Ihr Bruder war so nett, mir das hier anzubieten (er hat mir immer geholfen, wir haben zusammen studiert), da habe ich gedacht: ›Wenn ich hier schlafe und morgens mit dem Blick aufs Meer aufwache, werde ich wenigstens entspannt zurückreisen können!‹«

Sie stockte wieder, fuhr dann fort: »Ich sage Ihnen das alles, um mich zu entschuldigen ... Ich habe Sie sicher in Ihrer Einsamkeit gestört!«

Ich murmelte ein rasches Nein. Wir brauchen hier keine Höflichkeitsfloskeln, dachte ich. Ich fragte sie ganz direkt: »Sie sprachen von Wut, woher kommt diese Wut?«

Ich bin damals einfach so weggegangen!, dachte ich bei mir. Um andere Länder kennen zu lernen!

Im gleichen Moment sagte sie lebhaft, mit einer Wendung des Oberkörpers: »Ich möchte Ihnen meine Geschichte erzählen ... die Geschichte meines Großvaters ...«

Ihre Worte blieben in der Luft hängen, wie ein Tischtennisball, der nicht herabfallen will. Sie wiederholte ihren Satz noch einmal. Er knisterte, nicht so sehr vor Heftigkeit, eher vor Ungeduld. Ich hörte mich lebhaft sagen:

»Erzähle mir deine Geschichte, aber auf Arabisch!«

In meinem Dialekt duzt man sich, das ist weder zärtlich noch familiär gemeint; man duzt sich eben, das ist alles! Eine Sprache der Nähe, die keine zeremonielle Verkleidung braucht.

Während ich ihr aufmerksam zuhörte, wurde mir allmählich klar, dass sie eine alte tiefe Wunde zeigte und hoffte, sie im Gespräch mit mir endlich zu heilen.

2

»Meinen Großvater«, begann sie auf Arabisch, »nannte ich Baba Sidi, genau wie mein Vater ihn immer genannt hat. Ich sehe den Alten noch heute vor mir, hinter Glas auf einem Foto in unserem Salon (auf Reisen habe ich immer einen kleinen Abzug davon bei mir), als eleganten Vierzigjährigen: ein dunkelhaariger, nicht sehr großer Mann mediterranen Typs, glatt rasiert, den Schatten eines sehr schmalen Bärtchens über der Oberlippe und mit einem leisen Lächeln. Er trägt einen Anzug englischen Schnitts (was seine Kleidung und seine Autos betraf, hatte er offenbar beschlossen, Brite zu sein). Als Tabakgroßhändler, der es schnell zu etwas gebracht hatte – er, der Araber, belieferte ebenso europäische wie jüdische und muslimische Kundschaft –, konnte er sich alles leisten, was ›chic‹ war: Urlaubsreisen in die Türkei oder nach Italien, dazu Paris und jeden zweiten Sommer eine Kur in Vichy (dagegen standen die heiligen Stätten von Mekka nie auf seinem Programm). Er wollte mit dem Aussehen, das er sich gab, und mit seinem unleugbaren geschäftlichen Erfolg, an dem er auch den kleinen Kreis von jüdischen und arabischen Musikern teilhaben ließ, den Gentleman von Oran darstellen. Offenbar sprach er perfekt Französisch, obwohl er nur die Grundschule besucht hatte. Er kaufte Bücher, viele Bücher, und er bezog politische Magazine und auch Zeitschriften über Pferde.

Wissen Sie, Berkane, ich romantisiere ihn nicht: Das ist eine echte Beschreibung meines Großvaters! Er war keine Bühnenfigur, gewiss ein Bourgeois und ein Snob, vielleicht ein Lebemann, aber so ein Typus konnte im Algerien der Kolonialzeit nur in Oran existieren, dieser großen Stadt, an der sich die wichtigen Verkehrswege kreuzten: spanische, französische und afrikanische! Ich erzähle Ihnen das alles von Baba Sidi, weil ich Ihnen meine Großmutter vorstellen möchte, Lla Rekia. Sie war eine sehr fromme muslimische Dame, eine feine, traditionsbewusste Bürgerin, die zwar nicht Französisch las, aber fließend Spanisch sprach, neben einem reinen Arabisch mit dem Akzent von Tlemcen oder Fassi (wie Sie wollen). Trotz ihres zurückgezogenen Lebens regierte sie über eine ganze Gesellschaft von Frauen – sie war ihrem Mann eine liebende Gattin, und viele Jahrzehnte nach seinem gewaltsamen Tod hielt sie sein Gedächtnis bei mir wach.

Meine Großeltern hatten zwei Kinder: eine älteste Tochter, die kurz nach ihrer Hochzeit ganz jung bei einer Typhusepidemie starb. Gebrochen von diesem Verlust, verlegte meine Großmutter all ihre Liebe auf ihren einzigen Sohn, Habib, also meinen Vater. Baba Sidi nahm ihn mit vierzehn Jahren kurzerhand aus der Schule, da er seine Ausbildung zum Geschäftsmann persönlich anleiten wollte.

Als Habib neunzehn war, wurde er streng nach der Tradition mit einem Mädchen aus dem gleichen Milieu verheiratet. Sie war ebenfalls neunzehn und hatte bis zum Alter von zwölf Jahren die französische Schule besucht.

Die Eheschließung meiner Eltern, Habib und Anissa, fand zu Beginn des Jahres 54 statt. Wer kümmerte sich zu jener Zeit in Oran, noch im November jenes Jahres, um die so genannten Ereignisse? Aber als Anfang Oktober 57 vor unseren Augen der Tod zuschlug, war es eine Katastrophe. Ich spüre sie noch heute! Bis zu jenem Tag lebten wir fröhlich und friedlich in dem von Bougainvilleen umgebenen riesigen Haus Baba Sidis in der Straße der Gärten, in einem der rührigsten und beliebtesten gutbürgerlichen Viertel von Oran.«

Nadjia erhob sich, um eine Karaffe mit Wasser zu holen, goss sich ein, dann mir, ohne zu fragen, so vertieft war sie in ihren langen Monolog. Sie schaute mich an, meiner Gegenwart wieder bewusst, und fuhr mit einem leisen Lächeln fort.

»Die Vorrede ist zu lang. Beim Theater soll man gleich zur Sache kommen, *in medias res,* und wenn der Knoten platzt, wird es begleitet von Schreien oder dem Wahnsinn des Schmerzes. Vielleicht ist das im Theater so, aber schließlich erzähle ich Ihnen nicht den neusten Film, nein, es ist die Geschichte meiner Familie, von Baba Sidi und seiner Frau, meiner Großmutter. Meine Geschichte, wohin ich auch gehe – ich bin viel unterwegs, vielleicht mit Absicht, ich wohne auch nicht mehr in Oran, vielleicht ist auch das Absicht ... Man nimmt sein Unglück manchmal mit bis ans Ende der Welt!

Die Zeit schien an diesem fatalen Tag im Oktober 57 stehen zu bleiben. Ich könnte lange von meiner Kindheit erzählen oder von Baba Sidi und Lla Rekia als Paar, von ihrem Alltag mit der Musik und ihren Reisen, den Einladungen, ein leichtes, gastfreundliches Leben, das Glück, im Grunde ... Vielleicht sollte ich Ihnen davon erzählen!

Ich spreche so viel darüber, weil es das einzige Glück ist, das ich gekannt habe – ein Glück, das mir meine Großmutter schilderte und dem sie nachtrauerte. Sie tröstete mich mitten in der Nacht und am Morgen, nahm mich auf ihren Schoß, sie kleidete mich an, nahm mich mit, wenn sie ausging, in ihren Schleiern aus Seide oder Wolle, je nach Jahreszeit. Ich würde sagen, das Glück meiner Kindheit ist für mich heute mit dem Geruch meiner Großmutter verbunden.«

Nadjias Stimme wurde brüchig, sie fügte leiser hinzu: »Außer wenn sie weinte, denn als ich größer wurde, fing sie an zu weinen, sobald sie von der Zeit ›vor dem Unglückstag‹ sprach! Jeden Morgen nach ihrem Gebet, wenn sie an ›Baba Sidek‹, ›deinen Baba Sidi‹, erinnerte, kamen ihr die Tränen und rannen noch lange lautlos weiter.

Aber ich wuchs heran, wenn ich aus der Schule zurückkehrte, berichtete ich ihr von meiner Lehrerin, meinen arabischen und französischen Freundinnen, meinen kleinen Erfolgen. Ihre Augen waren noch feucht, wenn sie mir seufzend zulächelte: ›Meine Königin! Meine Prinzessin!‹, und dann lachte sie mit mir und hörte sich meine Erzählungen an. Mma Rekia war ungeheuer stolz auf mich. Doch dann pflegten plötzlich ihre Erinnerungen sich wieder in ihr zu wehren, und sie murmelte: ›Baba Sidek, dein Baba Sidi‹, und fing erneut an zu weinen, noch viele Jahre danach!«

»All diese Umwege«, setzte Nadjia wieder ein, »um auf einen einzigen Tag zurückzukommen: den Tag, an dem mein Großvater Larbi von der FLN umgebracht wurde, es war der 10. Oktober 1957 ...«

Die Schlacht um Algier war wenig später zu Ende!, fiel mir ein, ich war gerade elf Jahre alt, es war mein vorletztes Jahr in der Schule.

»Wie alt waren Sie damals?«, fragte ich Nadjia.

»Ich war erst zwei Jahre und ein paar Monate alt! Es scheint vielleicht wenig glaubhaft, aber ich kann diesen traurigen Tag ganz rekonstruieren ... Ich sage bewusst ›rekonstruieren‹, denn das ursprüngliche Trauma habe ich selbst erlebt. Aber ich hatte genügend Zeit, über diesen Schock andere Schichten zu legen, die vielen Verwandten von Vaterseite, so viele Frauen. Die Frauen im Hause von Hadj Brahim, wie wir in Oran hießen ...«

Die Erzählerin holte tief Luft.

»Schon 55, so berichtete mir meine Großmutter, begann Baba Sidi Geld für die Nationalisten zu spenden, mit einem natürlichen Gefühl der Solidarität, aber auch einer gewissen Distanz. Die Forderungen wurden schon im darauf folgenden Jahr immer höher.

Sidi wehrte sich: ›Was wollt ihr? Soll ich nur für euch arbeiten, während die Feste und Hochzeiten bei Arabern, Europäern und Juden nur umso fröhlicher weitergehen? Wollt ihr mich mit euren übertriebenen Forderungen an den Bettelstab bringen?‹

Tatsächlich steckte hinter den immer höheren Abgaben die Strategie, ihn zu provozieren. Die Bewohner von Oran ließen es sich trotz des Befreiungskampfs weiter gut gehen bei ihren Festen und Abendgesellschaften. Die FLN wollte die Geister aufrütteln und fing damit bei den Begüterten an.

Denn Baba Sidi hatte es versäumt, Vorsorge zu treffen: Er hätte sich an die Leute wenden können, die weit oben auf der Rangleiter der Nationalisten standen. Einige, die reicher waren als er, hatten es schlauer angestellt.

Der Tabakgroßhändler Larbi Hadj Brahim hatte sich jedoch nie für Politik interessiert. Die Abende verbrachte er mit seinen Musikanten, die er offensichtlich aushielt. Er ließ nicht ab von seinen großbürgerlichen Gepflogenheiten.

Wie mir Mma Rekia berichtete, schloss Baba Sidi am ersten Donnerstag im Oktober 57 sein Geschäft früher als sonst. Als er sein Wohnhaus erreichte, erwartete ihn derselbe Eintreiber wie sonst schon vor der Tür.

Baba Sidi ließ ihn herein und im vorderen Hof Platz nehmen, der auf den inneren Garten blickte. Meine Großmutter war jedoch beunruhigt und beobachtete die beiden hinter der Gardine an einem ihrer Fenster. Den Besucher sah sie nur von hinten, ihr Mann stand ihm gegenüber.

Dann hörte sie, wie Baba Sidi mit rot angelaufenem Gesicht ausrief: ›*Bi Allah!* Wo soll ich eine solche Summe auftreiben? Die Festsaison hat doch gerade erst angefangen!‹

Von dem Mann, den Lla Rekia nur von hinten sah, hörte sie lediglich leises Gemurmel, das nun einen drohenden Ton angenommen hatte ...

›Mein Entschluss war sofort gereift!‹, erzählte sie mir später. ›In wenigen Augenblicken legte ich mir meinen Wollschal über den Kopf und ging zu meiner Kommode. Ich holte meine private Schmuckschatulle heraus (jedes Jahr machte mir dein Großvater kostspielige Geschenke!), leerte alles auf ein Silbertablett und ging damit hinaus zu den beiden.

Der Mann, der gerade sprach, drehte sich überrascht um. Ich beachtete ihn kaum, wandte mich nur in bestimmtem Ton an meinen Mann:

»Sidi, wie ich sehe, hast du nicht genug, um die Front (auf Arabisch hieß sie *el djebha*) zu unterstützen. Daher gebe ich an deiner Stelle meinen ganzen Schmuck her! Nehmen Sie alles, es ist wirklich wertvoll!« Da erst wandte ich mich dem Unbekannten zu, er war noch recht jung und senkte den Blick.

Mein Mann wollte mich schelten, dass ich mich so vor einem Fremden gezeigt hatte! Der verließ uns übrigens ohne einen Gruß. Ich erinnere mich, wie ich beim Anblick des Schmucks, den er nicht mitnahm, noch sagte: »Gib es, gib ihnen alles, Sidi, feilsche nicht mit ihnen! Die Hauptsache ist, dass du lebst!«

Er antwortete nicht, er hieß mich in mein Zimmer zurückgehen, und während ich meinen Schmuck wegräumte, erkannte ich aus seinem Schweigen, dass sie ihn wirklich bedrohten!‹

Das war, daran erinnerte sich meine Großmutter ganz genau, Anfang Oktober 57.

Am folgenden Sonntag hörte das jüngste der Dienstmädchen, die im Haus lebten, wie noch spät der Türklopfer ging. Die Familie saß vollzählig beim Abendessen im zweiten Innenhof mit den duftenden Jasmin- und Oleanderbüschen.

Touma eilte zur Tür, aber wegen der späten Stunde wollte sie weder öffnen noch jemand von der Familie stören. ›Wer ist da?‹, fragte sie, mit angstvollem Herzen.

Die Stimme eines Bettlers drang zu ihr. Ein alter Mann, der im Namen Gottes und seines Propheten ein Almosen von den Gläubigen erbitte.

Seltsam, dachte das Mädchen, denn gewöhnlich wandten sich die Bettler, zumal im Namen der muslimischen Nächstenliebe, morgens oder gleich nach dem Mittagsgebet an die Türen der Bürger!

Plötzlich erschrocken, gab sich Touma vor dem Fremden als die Hausherrin aus. Sie sprach in ihrem Stil und verwendete die üblichen religiösen Formeln: ›O Geschöpf Gottes, empfehle dich dem Schöpfer! Es ist zu spät, um dir zu öffnen! Komm morgen wieder, aber am Vormittag. Gott sei mit dir!‹

Die Stimme des Bettlers, der seine Klage hätte fortsetzen können, brach ab.

Er hat es nicht mal weiterversucht, dachte Touma erstaunt; das machte das Mädchen noch misstrauischer. Dennoch wagte sie nicht, mit irgendeinem an jenem Abend darüber zu sprechen.

Am nächsten Morgen machte sich Baba Sidi in aller Frühe bereit, um wie immer als Erster das Haus zu verlassen. Sein Sohn Habib beeilte sich, um ihn zu begleiten. Montags war stets ein harter Arbeitstag … Mein Vater setzte den Bericht für mich fort:

›Ich ging hinaus, ich erinnere mich, ich fand gleich am Eingang in einem Winkel, aber gut sichtbar, den herumliegenden Pantoffel eines Bettlers. Nur einer, dachte ich und stieß ihn leicht mit dem Fuß an. Ein einziger Pantoffel, warum liegt er gerade hier? Mein Fuß zuckte zurück: Darunter war ein Fleck oder eine kleine rote Lache. Blut?, fragte ich mich bestürzt.‹

Wenn mein Vater das erzählte, sagte seine Stimme noch: ›Blut?‹, dann brach er ab und …«

Nadjia erhob sich, als wäre alles zu Ende.

Doch ich schreibe es auf, viele Tage später, ich rufe alles wieder wach, ich erinnere mich an Nadjia, an ihre Stimme, die sich ihrerseits erinnert: Ich erfasse, ich halte ihren Bericht fest, die Schilderung ihrer Erinnerungen in arabischen Worten, die ich auf Französisch niederschreibe, an meinem Schreibtisch, aber … Während sie erzählte, befanden wir uns noch im unteren Stockwerk, Nadjia hatte meine Wohnung noch nicht betreten. Ja, ich schreibe, ich bin der Schriftführer, ein kleiner, einsamer Schreiberling.

»Blut?«, es war Habib, der Sohn, der das fragte, bevor seine Stimme gleichsam erstarb.

Die Frauen gingen im Haus ans Werk, angefangen bei der immer schattigen und in dieser Jahreszeit nach Jasmin duftenden Vorhalle. Ganz hinten, im engen Innenhof mit seinen Trauben violetter Glyzinienblüten, die sich um die gewundenen Säulen aus rosa Marmor rankten und üppig bis in den ersten Stock kletterten, dort nahmen die Frauen an diesem Tag, die jungen wie die alten, auch die kleinen Mädchen, die hinausdurften, zur Georges-Lapierre-Schule (natürlich der französischen), die das Haus verließen und wieder zurückkehrten, sie alle, die Damen und die kleinen Mädchen, die Unsichtbaren, die manchmal verträumt einhielten, geschäftig weiterarbeiteten, zuweilen auch schliefen, sie nahmen eine nach der anderen den Satz wieder auf und ließen ihn von Mund zu Mund wandern, halblaut oder plötzlich ganz aufgeregt, den erstaunten und erstaunlichen Satz des einzigen Sohnes Habib, des Erben seines Vaters, des »jungen Hirschen«, wie ihn manchmal seine Mutter Lla Rekia nannte:

»Welchen Satz denn?«, könnten Sie fragen.

»Den Satz über einen offenbar verlorenen einzelnen Pantoffel, den Pantoffel des Bettlers vom Vorabend, der so spät gekommen war.« – Touma erinnerte sich jetzt an ihn.

»Ein Pantoffel lag herum, und Habib sagte ...«

»Was hat unser Prinz gesagt?«

»Habib hat den Schuh mit dem Fuß angestoßen: ›Was liegt denn da?‹, hat er gemurmelt und dann ...«

»Dann hat er den Fleck gesehen, eine kleine rote Lache: ›Blut?‹, hat er ausgerufen.

Im gleichen Augenblick hat er die Stimme verloren ...«

»Seine Stimme«, fährt eine andere fort, es ist nur ein Flüstern.

Habibs Stimme klingt noch nach: »Blut?«

»Dann ist seine Stimme erstorben«, seufzt die dritte Frau des Hauses, das plötzlich offen ist nach draußen, zur Straße ...

Alle stürzen zur weit geöffneten Tür. Zum Eingang des Stadthauses von Hadj Brahim in der Straße der Gärten.

Früher Morgen an jenem 10. Oktober 57 in der Straße der Gärten, Oran, Algerien.

Es ist noch vor acht, als Habib, der seit drei Jahren verheiratet und Vater einer Tochter von zwei Jahren und ein paar Monaten ist, an der Seite seines Vaters geht, der es eilig hat.

Die lange Straße, danach ein von Platanen gesäumter Boulevard. Obwohl Baba Sidi schnell geht, unterhält er sich mit seinem Sohn, der sich respektvoll anhört, welche Kundschaft an diesem Vormittag erwartet wird. Habib will seinen Vater mit dem herumliegenden Pantoffel nicht beunruhigen.

Ein junger Mann kommt ihnen entgegen, er sieht eigentlich aus wie ein Bauer, wäre da nicht sein stechender Blick. Er steuert direkt auf sie zu, bleibt stehen und spricht den Vater an, der ruhig einhält. Habib nimmt den Vater am Arm.

»Larbi Hadj Brahim?«, nennt ihn der Fremde beim Namen und streckt dabei die Hand nach vorn, die jedoch unter dem wollenen Umhang verborgen bleibt.

Baba Sidi zögert, setzt zu einer Antwort an: »Im Namen Gottes, was willst du von mir?«

Habib hört nur die ersten Worte dieses Satzes:

»*Bi Allah ...*«

Da knallen die Schüsse, mehrmals. Larbi ist der Länge nach, mit ausgestreckten Armen, auf Gesicht und Bauch gefallen. Mitten in das spritzende und ausströmende Blut hat sich Habib in verzweifeltem Schreck auf den daliegenden Körper seines Vaters geworfen und geschrien, gebrüllt: »Mein Vater! O mein Vater!«

Während er den niedergeschossenen Körper ganz abtastet, verschmiert er sich wie in Trance das Gesicht, die Brust, die Arme, alles, er badet, ertrinkt im Blut des Vaters: »*Abba o abba!*«

Die Menge der herzueilenden Passanten versucht den brüllenden blutverschmierten Mann wegzuziehen, sie heben ihn auf, führen ihn weg, um endlich die noch warme Leiche von Larbi Hadj Brahim, dem Opfer, zuzudecken und fortzubringen.

Die Schreie von Habib ertönen weiter: »*Abba! ... O abba!* Mein Vater!«, und er weigert sich, das Blut dessen abwaschen zu lassen, der noch zu ihm spricht, das Blut der Stimme, die er noch hört. Die Zeugen der Tat kämpfen mit dem Sohn, dem zweiundzwanzigjährigen jungen Mann, um ihm ihren Willen aufzuzwingen.

»Er hat seinen Vater in seinem Blut liegen sehen!«

»Er ist voll mit Blut von Hadj Brahim!«

»Er will es nicht abwaschen lassen!«

Man hört die Schluchzer Habibs, es ist das Gebrüll meines Vaters, den man gegen seinen Willen von der Leiche seines Vaters zu trennen versucht.

Da taucht Lla Rekia in der Straße auf. Dort, an der Schwelle des Hauses mit der weit geöffneten Tür. Eine Bettlerin hat den Frauen von dem Unglück berichtet: Lla Rekia mit lila Haube und langem Kleid aus Satin. Sie hat den Schleier vergessen, das unverzichtbare Tuch, aus Seide oder Wolle, den *haïk,* den Umhang, zum ersten Mal seit ihrer Pubertät geht die Gattin von Larbi, Habibs Mutter, »nackt« aus dem Haus, nur das dünne Tuch mit den glitzernden Fransen verdeckt ihr geflochtenes Haar.

Jetzt rennt sie auf die Straße, ebenfalls schreiend, wird zu einer Vagabundierenden, einer Furie, die sich frei bewegt. Erst vor dem Wahn ihres blutbedeckten Sohnes bleibt sie stehen.

Andere Zeugen, Freunde ihres Mannes, versuchen sie trotz ihres haltlosen Schreiens zu beruhigen.

»Geh nach Hause, Lla Rekia!«

»Das gehört sich nicht! Es ist der Wille des Allmächtigen!«

Mma Rekia brüllt, heult, lässt sich wie eine Tigerin weder anfassen noch zum Schweigen bringen, wen oder was sucht sie bei ihrem Sohn, ihr Brüllen ist wie der Ruf eines wilden Tiers, das man nicht versteht!

»Es ist zu spät … Die Ambulanz hat Si Larbi schon weggebracht!«

»Ach, es ist kein Leben mehr in ihm, Mma Rekia! Wir können uns nur Gott empfehlen und seiner Barmherzigkeit!«

Sie brauchten ein oder zwei Stunden, bis der Sohn und die Gattin sich beruhigten. Ohne Schleier, das Tuch aus lila Moiré in der einen Hand … Ein Paar von Wahnsinnigen, Mutter und Sohn.

Ich, das kleine Mädchen von zwei Jahren, schaue den beiden nicht weit von unserem Haus zu. Ich kauere auf dem Gehweg, vernehme gleichzeitig die Woge der Schreie und das Stimmengewirr von den Nachbarn, die Mma Rekia und Habib, meinen Vater, umringen, ich sehe, wie das eng umschlungene Paar zurückkehrt, sie kommen näher, ohne mich zu sehen, ich höre sie, ich höre die ganze Szene noch ganz genau, Jahrzehnte nach dem Oktobertag in Oran.

An diesem Tag wurde also der Vater meines Vaters, ein Tabakgroßhändler in Oran, von der FLN ermordet. Mein Vater Habib und seine Mutter Lla Rekia klammerten sich aneinander, ich weiß nicht mehr, wer wen stützte. Manchmal kommt es mir so vor, als hätte meine Großmutter, immer noch schreiend, mit dem ausgestreckten Arm ihren Sohn gehalten, der vor ihr ging und ohne sie hingestürzt wäre … Ja, ich sehe die beiden noch wanken. Ich warte auf sie. Wie sie so auf mich zugehen, das kommt mir plötzlich unendlich vor, langsam, aber unaufhaltsam, wie in einem äußeren Kreis der Hölle. Ich sage Hölle, denn ich sehe meinen Vater mit seinem Blut oder vielmehr Baba Sidis Blut auf Wangen und Nase, auf seiner Stirn …

Ja, sie kommen zu mir, unsicher, schwankend, aber immer näher. Man wird sie zwingen, ins Haus zu gehen, sich zu waschen, zu reinigen, und ich, die ich sie noch nie so sah, ich weiß jetzt schon – wenn auch undeutlich –, dass sie nicht mehr die Gleichen sein werden.

Sie, die Alte (erst danach alterte sie), und der junge Mann, mein Vater. Alle beide, eng aneinander gebunden, haben an jenem Tag den Verstand verloren … Sie wurden für immer zu Figuren des Wahnsinns. Die mir am nächsten standen, waren von nun an Gebrandmarkte, Unheilbare, wegen des Bluts, mit dem sie sich benetzten!

Ich, ein kleines Mädchen von zwei Jahren, kauere weiter am Boden dicht neben dem Pantoffel, den der alte Bettler verloren hat. Kauernd, wartend, beobachte ich sie, während sie sich nähern. Ich würde mit ihnen leiden, das weiß ich. Als müsste dieser wahnwitzige Schmerz der beiden mich für immer umgeben! Nein, nicht für immer! Nach dem Blutstag von Baba Sidi würde ich überall auf der Welt hingehen, überall mit dem Entschluss zu vergessen!

3

Nadjia verstummte. Ihr Monolog stand zwischen uns, als hätte ich ihn unberechtigterweise mit angehört. Angesichts meines Schweigens hatte sie mich völlig vergessen. Sie war wieder zu dem kleinen Kind von zwei Jahren geworden.

Heute ist sie Mitte dreißig, eine voll erblühte Frau, mit beiden Füßen auf dem Boden, nur frage ich mich, auf welchem. In jener Szene ihrer ersten leidvollen Erfahrung oder im nie nachlassenden Schmerz ihrer Großmutter, den sie jedes Mal in ihr Exil mitnahm?

Als sie geendet hatte, schenkte sie sich zu trinken ein und ging vor dem großen Fenster auf und ab, in der Wohnung, die ich nicht betreten hatte, bevor sie dort einzog. »Nur für zwei oder drei Tage«, wie sie bei der Ankunft sagte, als mein Bruder Driss sie mir vorstellte.

Ich bot ihr eine Ablenkung an: »Mein Wagen steht noch vor der Tür. Wenn Sie möchten, könnten wir für den Rest des Abends noch irgendwohin fahren.«

»Danke«, meinte sie. »Ich fühle mich hier wohl mit Ihnen! Ich möchte lieber reden, aber nicht nur von der Vergangenheit.«

Sie lachte, ihr Lachen war das einer sehr jungen Frau. Vermochte sie ihre Erinnerungen so mit einem Mal abzustreifen wie eine Haut? Den Mord an dem Großvater und den Wahn des Vaters, das ganze Drama? Nadjia legte vor mir ihre Bürde ab, vielleicht wie man einen Mantel ablegt, aber nicht unbedingt seinen Schmerz.

Ich habe das Gesicht, das sie mir zuwandte, eingehend betrachtet: die glatte Haut, ihre Augen, die blitzende Blicke aussandten, und in den Mundwinkeln zeigte sich ein Lächeln.

Mein Eindruck war verwirrend. Etwas wie eine Auferstehung, die ich aus ihren Zügen las, passte nicht dazu, dass sie noch wenige Augenblicke zuvor wie ein Kind wirklich gelitten hatte.

Blitzartig begehrte ich sie. Sie erriet es, glaube ich, denn ich wählte nun mit Bedacht das Du unseres gemeinsamen Dialekts, um sie einzuladen:

»Dann komm, wenn du Lust hast, mit nach oben, dort können wir uns noch angenehmer unterhalten, denn es gibt zu essen und zu trinken!«

Sie lächelte mich an und ging mir wortlos auf der Steintreppe voran, die außen die beiden Stockwerke verbindet. Sie zitterte vor Kälte in der Nachtluft.

Als ich ihr in meiner Wohnung ein Jackett von mir brachte, um sie zu wärmen, umarmte ich sie spontan, und sie bot mir ihre Lippen zum Kuss.

Nach der Liebe, kurz danach, setzt sie sich im Bett auf, völlig nackt und ruhig. Sie versenkt sich wieder in die Vergangenheit, erzählt einzelne fröhliche Erinnerungen, fast alle aus der französischen Schule.

Ich schaue ihr zu, ebenso intensiv wie ich ihr zuhöre: Sie erscheint mir rund und üppig in ihrer braunen Nacktheit. Während die abebbende Lust noch zwischen uns verweilt und ihre Schultern, Hüften wie mit einer Aureole umgibt, auch ihre Arme, die sie um die Knie gelegt hat (als säße sie mir im Badeanzug am Strand gegenüber), sehe ich allmählich nur noch ihr Gesicht, das halb vom Schein der Lampe beleuchtet wird. Der vollkommene Bogen ihrer dichten Augenbrauen, ihre ein wenig angeschwollenen Lider, die sie häufig senkt, ihre vollen Lippen, die zuweilen innehalten.

Ihr Blick schweift ab, sucht in weiter Ferne, dann fährt sie mit einem heiteren Lächeln fort, das sie erneut verwandelt.

Ja, ich betrachte sie sehr genau, ebenso wie ich zuhöre, von Anfang an empfänglich für die Nuancen ihres Dialekts, für einige seltene Ausdrücke, die ich vergessen habe und deren Sinn ich errate. Ich bin vor allem berührt von ihrem so eigentümlichen Akzent, als wäre sie mir nah und fern zugleich.

Ihr Veilchengeruch hüllt mich ein, frisch, unbestimmbar. Er würde für mich lange mit ihr verbunden bleiben. Dann fragt sie mich sehr leise:

»Kann ich reden?«

»Aber sicher, Nadjia.«

»Stört dich mein Dialekt denn nicht? Meine Mutter ist Marokkanerin, ich spreche wie die Leute in Oran, aber auch ein bisschen wie meine Mutter!«

»Und ich antworte dir in meinem Dialekt aus der Kasba von Algier!«, erwidere ich sanft.

Sie lacht, dann bekennt sie mir mit erleichterter Überraschung: »Ich habe so lange nicht mehr bei der Liebe arabisch gesprochen ... (sie zögert) und danach!«

Ich hätte ihr fast gestanden, dass ich jetzt nicht mehr die drängende Begierde hatte, sie zu berühren, sie zu spüren. Ihr nur zuhören und mich nicht von der Stelle bewegen, sogar im Dunkeln oder gerade im Dunkeln ... Ich musste mich nicht erklären.

Sie kommt wieder näher und legt sich zu mir, reibt sich an meiner Seite. Ich könnte nicht sagen, warum ich voraussehe, dass ich an ihr hängen werde oder zumindest, dass sie mich lange beschäftigen wird.

Sie seufzt: »Ich bin noch nicht ganz gesättigt von dir!«

Diese einfachen Worte, mit dem Verlangen in ihrer Stimme, dieses Bekenntnis mit einer fast hungrigen Glut, das ihr in einem Seufzer über die Lippen kommt, weckt auch meine Begierde neu: nach ihrer Haut, ihrem Atem und noch mehr nach ihren Worten.

Ich nahm sie heftig und unvorbereitet: ich glaube, diesmal ohne Zärtlichkeiten. Sie gab nach und war angesichts meines fast brutalen Begehrens willig, auch still, außer einer leisen, langen Klage gegen Ende.

Ich bin wohl sofort eingeschlafen, ich weiß nicht für

wie lange. Ich hörte undeutlich, wie sie aus dem Bett stieg und wohl auf Zehenspitzen fortging. Mich hielt vermutlich wieder der turbulente, bilderlose Traum von einst gefangen.

Beim Erwachen brauchte ich einige Minuten, um mich daran zu erinnern, dass ich wirklich in meinem Land, »zu Hause« schlief, dass das Rauschen der Wellen wirklich unter meinem Fenster kam und ging und … Die arabischen Worte und die Seufzer Nadjias vom Vorabend ließen alles andere verschwinden.

Nebenan klingelte das Telefon. Ich bin nicht aufgestanden, um abzunehmen. Ob der Anruf aus Paris oder Algier kam, interessierte mich nicht. Mir wurde die wohlige Kraftlosigkeit meines Körpers bewusst, der so lange Zeit enthaltsam gewesen war.

In den folgenden Stunden dieses Oktobermorgens schwamm ich träge, das Meer war lauwarm. Dann bereitete ich den Fisch zu, den Rachid mir gebracht hatte.

Schreiben!, nahm ich mir vor.

Ich schob die nicht abgeschickten Briefe an Marise zur Seite.

Etwas für mich schreiben, beschloss ich. Die Stimme der Besucherin vom Vorabend hielt mich gefangen. Ich dachte: Sie beschreiben und so in der Stille meines Zimmers wieder hören – da sie diese Nacht mit ihrer Lust erfüllt hat!

Endlich schreiben, nur für mich!

4

Eine Nacht,

  eine zweite,

  eine dritte Nacht mit Nadjia, vor der letzten, haben wir das Zimmer nicht verlassen, haben sozusagen nur in meinem Bett gelebt.

  Zwischen den ersten beiden Nächten war sie fort.

  »Ich habe wichtige Angelegenheiten in Algier zu erledigen!«, hatte sie geseufzt. Ich hörte, wie sie den Wagen startete, um in die Hauptstadt aufzubrechen, »nur den Tag über, für diese Behördengänge, sofort danach komme ich zurück!«, hatte sie versprochen, diesmal auf Französisch – sie bot mir in der Diele ihre Lippen zum Kuss, schmiegte sich an mich. Nur halb angezogen, bevor sie sich wieder ankleidete, versprach sie zärtlich, in arabischen Worten fast wie Liebkosungen (*Ya habibi!* Liebster!, sagte sie zwischen den Sätzen), versprach, vor der Nacht zurück zu sein und direkt zu mir zu kommen für eine weitere Nacht »genau wie diese«, und sie fügte ganz dicht an meinem Ohr hinzu – ich habe diese zärtlichen Worte plötzlich vergessen, jedoch nicht ihre Bedeutung, nicht ihren Atem, nicht ihren Duft, mit dem Geruch unserer Bettlaken und vielleicht meinem Schweiß vermischt, den habe ich nicht vergessen, auch nicht den Geruch meines Samens auf ihr. Ich wollte noch einmal ihren Duft einatmen, überall, bevor sie ging. Sie stand in meinem Flur, ich drängte sie an die

Wand, sie hielt ihren Atem an, ließ mich sie von oben bis unten ablecken, wühlte ihre Finger in mein Haar, als mein Kopf schon auf ihrem Bauch, ihren Hüften war, da hob sie ihren Rock an, ich hörte sie über mir stöhnen, ächzen, ein langes Fauchen, der Beginn eines rauen Gesangs und immer die beiden Worte »*Ya habibi! ... ya habibi! ...*«, ich bekomme an ihren Lenden fast keine Luft, ich drehe und wende sie, sie seufzt noch ein, zwei Mal, immer noch mit dem Rücken an der Wand, mein Gesicht, mein durstiger, hungriger Mund, ich berühre sie überall mit meiner Zunge, ich trinke diese Frau in all ihren Höhlungen und Vertiefungen, weiter und weiter, damit sie wiederkommt. Und sie kam zurück, am Abend, sie klopfte zwei, drei Mal an das Holz der Tür, die Klingel hatte sie wohl nicht bemerkt, ich hatte davor schon gehört, wie das Auto unten vor der Pforte anhielt, ich hatte mich jedoch nicht gerührt – ihr Versprechen vom Morgen im Flur war in mich eingebrannt, ich wartete ab, ich war mir nicht sicher: Hatte sie mich bei sich getragen, auf ihrer Haut und zwischen ihren Beinen, während sie zur Bank ging, zu Driss, um ihre Sachen zu holen, ins Reisebüro wegen des Flugtickets, ich wartete die ganze Zeit –, sie öffnete die Tür, nachdem sie geklopft oder vielmehr dreimal am Holz gekratzt hatte, sie ging ein paar Schritte, wieder in meinem Flur, ich umfing sie, hielt sie gefangen und holte sie zurück in dieses Zimmer: mein Gast, meine Besucherin, meine Geliebte, »meine Königin«, wie Lla Rekia sie nannte.

Während des ganzen Tages hatte ich mein Bett nur

verlassen, um am Tisch zu sitzen und zu schreiben, einen Kaffee nach dem anderen zu trinken und weiterzuschreiben. Denn dabei erlebte ich wieder Nadjias Stimme und die Erinnerung an ihre Lust, ich ließ mich in der Wärme ihres Dialekts nieder, diesem besonderen Singsang der Liebe. Aber wo sollte ich sein Geheimnis suchen, welche Tür öffnen, welchen Ausgang nehmen? Ich hatte den ganzen Tag meine Wohnung nicht verlassen, hatte nur vom Fenster aus lange das Meer in der Ferne betrachtet, das in der Nähe murmelnde Meer, war kurz hinuntergerannt, wie ein Dieb im eigenen Haus, als Rachid klingelte und mir den Fisch auf einem Zinntablett reichte. Er spürte, dass ich nicht reden, mich nicht aufhalten wollte, wie konnte ich ihm sagen, dass ich wegen all der vielen geschriebenen und erinnerten Worte selbst die Stimme verloren hatte, da meine beiden Sprachen plötzlich vermischt, durcheinander gewirbelt, verknäuelt waren, wie sollte ich ihm diesen Knoten in mir erklären – und diese verdichtete Erinnerung an die Lust?

Die kleinen, frisch gefangenen Seebarben in meiner Hand rochen gut. Ich lächelte Rachid zu als Zeichen des Danks, zeigte auf meinen Hals, als hätte ich mir tatsächlich eine Halsentzündung geholt. Jetzt würde er sich bestimmt Sorgen um mich machen. Ich legte ihm daher freundschaftlich die Hand auf die Schulter und bedeutete ihm, ein stumm gewordener Kranker, dass ich mich hinlegen musste. Eilig schloss ich die Tür vor seiner Nase. Schon hatte ich Rachid vergessen.

Nadjia klopfte also leicht an die Tür. Ich öffnete, ich umarmte sie beim Eintreten.

»Ich warte schon auf dich«, habe ich geflüstert, auf Französisch.

Ihre Augen haben zwischen meinen Händen gelacht. Ich habe sie ausgezogen, als wäre sie wieder zu einem kleinen Mädchen geworden, es war, als wachte ihre Großmutter wieder über sie, wie ein Geist in unserem Zimmer ...

Noch nackt dastehend, bevor sie wieder zu einer Frau wurde, die sich mir anbot, strich sie mit einer Hand achtlos über die fliegenden Blätter, die ich voll geschrieben hatte und die auf dem kleinen Tisch gleich neben dem Bett durcheinander lagen. Sie lächelte mir wortlos zu. Fragte nicht, was ich schrieb. Ich hätte nicht den Mut aufgebracht, ihr zu sagen, dass ich diese verstreuten Seiten am nächsten Tag wegwerfen würde, vielleicht ohne sie noch einmal gelesen zu haben – dass sie trotz der französischen Worte erfüllt waren von ihrer Stimme des Vorabends, der vergangenen Nacht und der Nacht, die uns erwartete, wenn sie in meinen Armen, kalt und heiß, bald erbeben würde. Glücklich, dachte ich in einer Eingebung, glücklich die Musiker, die wegen ihres feineren Gedächtnisses vielleicht nichts vom Klang der geteilten Lust verlieren, vor allem von der geteilten, vermischten, gepaarten Lust ... Vom Geräusch des vollen Lebens, das sich verflechten könnte, das aber stattdessen auseinander fließt.

Ich kam zu Nadjia zurück mit all meinen Sinnen,

nach diesem Moment der Träumerei (vielleicht würde ich eines Tages mit ihr oder mit einer anderen Frau die Symbiose der Worte und Empfindungen erfahren, bei denen wir unwillkürlich, Haut an Haut, gleichzeitig denken, oder ist das eine Utopie?). In diesem Augenblick, o meine Geliebte, bin ich ein Prinz, ein König, denn ich spüre genau, wie deine nackte Hand über den Tisch fährt, während dein entkleideter Körper sich in ruhiger Erwartung betrachten lässt, spüre, eben wegen dieser Erwartung, dass ich ein Barbar bin, doch ohne die Besessenheit zu vergewaltigen, ein Korsar ohne den Wunsch zu rauben. Ich habe dich gefunden, gestern oder vorgestern, du bist aus Versehen hergekommen, denn du hast nicht aufgehört wegzurennen, seit jenem Tag, als du zwei warst, um dem Blut, der Leiche des Großvaters, dem Wahnsinn des Vaters zu entkommen, dem Weinen und der Liebe der Frau, die dich auf immer »ihre Königin« nennen wird, jetzt wirst du hier »meine Königin«, gehörst fortan mir, denn sie hat ihre Liebe an mich weitergereicht ...

»*Habibi!*«, murmelst du, dich nackt auf dem Lager an mich pressend.

Ein Wort deiner eigenen Zärtlichkeit, deiner Litanei.

Aber ich habe nur meine beiden Hände, ich lege sie zuerst wieder und wieder um deine Augen, um den Bogen der Brauen zu betrachten, du senkst deine Lider, das ist gut, so kann ich sie küssen, mit dem Finger den Saum beider Lippen nachfahren, dann fordernder, hungrig deine Brüste, beide in der Wölbung meiner Hände, ich möchte sie zum Erzittern bringen, in dir ein rohes Begehren, vielleicht ohne Zärtlichkeit erwecken – ach, wir werden sie brauchen in der Zeit nach deiner baldigen Abreise!

Ich möchte dein Begehren langsam erregen, mir bleibt nicht mehr genug Zeit, um dich kennen zu lernen, um den Rhythmus deiner Lust zu wissen, ich bin noch Analphabet, was deinen Körper betrifft, wir haben nur noch diese Nacht, die vorletzte, denn die letzte wird anders sein, voll, übervoll mit Gesprächen, mit neuen Wörtern, die bewahrt werden müssen. Jetzt möchte ich dich ganz genau kennen lernen, wie den Tau am Morgen, den Sturm am Mittag, das Gewitter am Abend, wissen, wie dein Körper aus Nerven besteht, sanft ist und weich, erbeben oder auch widerstreben kann. Mir bleibt, uns bleibt nicht mehr genügend Zeit, wir hätten den ganzen Tag gebraucht, den du in Algier vertan hast, in den Straßen der anderen, des Staubs und der Voyeure … Ich will dich, Nadjia, langsam und schnell, mit dem Vertrauen darauf, dass wir von der Ewigkeit zwar nicht die Erfüllung kennen mögen, aber doch zumindest eine kleine Ahnung davon. Ich spüre, wie ich fordernd werde, weil du zurückgekommen bist und wir unsere Zeit haben: nicht schlafen, bloß nicht schlafen!

Dich kennen bis zur Ermüdung, ich brauche alle Erinnerungen, da ich dich gefunden, nein, wieder gefunden habe, kleine Schwester, ich habe dich an dem Zeitpunkt getroffen, da du weggehen willst, du bist die Passantin, du wirst mich verfolgen, was wird aus uns, wann werden wir …

Wer hätte gesagt, dass die Liebe zwischen zwei Körpern wie den unseren eine lange Arbeit werden kann, dass eine Frau, in die du dich nach einer einzigen Liebesnacht verliebst – aber es war in der Spannung zwischen der ersten und der zweiten Nacht, dass ich Gefangener ihres Fleisches und ihrer Stimme wurde, ihrer Lust, ihrer beiden Brüste in meinen Händen … Wer hätte gesagt, dass sie keine flüchtige Bekanntschaft bliebe, dass sie zu meiner Gattin, meinem Kind, meinem Zwilling werden würde. Diese zweite Nacht zog sich zu einer langen, langen Reise, einer Jagd zu zweit im nächtlichen Raum von grenzenloser Dauer. Wir ritten zusammen über fremde Berge und Täler, ein einziger Orient, der die Nacht verlängerte, und viele sonnendurchflutete Morgenröten des Okzidents. Eine Reise und eine Verfolgung, begleitet von Stöhnen, Ekstasen, Atemanhalten, in einem beschleunigten Rhythmus, flüssig, aber nicht übereilt, eher übergangslos, zuweilen sich verlierend. Ein Rhythmus in der tiefsten Tiefe meines Gehörs, ich bin sicher, dass du ihn vernahmst, ich hörte dich ein einziges Mal ächzen: »Du folterst mich, du tust mir weh!« Ich wusste, dass diese arabischen Worte nur sinnlich gemeint waren, mein Mund öffnete sich in dem deinen – meine Begierde, auch das Innere deines Gaumens zu spüren, auch deine Zähne, sodass ich dich beinah erstickte. Ja, von der Tiefe deines Munds will ich das Innerste, während ich in deine geheime Höhle eindringe und mich in ihr wälze, mich einrolle und in sie eintauche, dich knete, dich errege, dich ausfülle, dich bereichere, benetze, ich in dir, ach wenn es möglich wäre. Ich hörte dich seufzen ganz tief drinnen, der letzte Laut der Lust ist seltsam ursprünglich, seelenlose Süße …

»Du tust mir weh! Du …«

Diese arabischen Worte bezeichnen keine Härte, sondern eine Hingabe an die Liebe, die heftig ist und nach glühendem Einverständnis verlangt. Ich tue dir weh, o ja, ich habe nicht nachgegeben, ich habe nicht nachgelassen. In mir ist plötzlich Wildheit erwacht: damit du die Augen öffnest, mein Gesicht, meinen Blick siehst, der nicht Grobheit, sondern den starken Willen ausdrückt, dir ganz nah zu kommen, unter deine Haut, dich zu kennzeichnen, dich in deinem unsichtbaren Innern zu tätowieren, meine Schwester, meine Grausame. Jede klarsichtige Wollust ist Chirurgie, selbst wenn ich »dir wehtue«, ich höre deine Klage, sie wühlt mich ebenso auf. Du hauchst einen Seufzer, nicht des Schmerzes oder der Qual, sondern eines unendlichen Verlangens, eine unermüdliche Bitte, ganz nah an dir, an deiner Hingabe, nah an meiner Zärtlichkeit, die dich aufwallend wieder unterwerfen will. Wir driften ab, in eine blinde Fahrt, so viele Hindernisse sind zu streifen, doch vereint, bis zu einer weißen Wüste, »ich tue dir weh«, und du höhlst mich aus. Ich spüre es schon, alles wird später zu mir zurückkehren, viel später. Schau mich an, die du mir verwandt bist, die so unumgänglich gewordene Liebe hält an, über die Wollust hinaus … Wie anders sollen wir uns tief drinnen kennen lernen?

Unsere Gesichter sind jetzt enthemmt, meine Hände kneten ihren ganzen Körper, meine Schenkel halten sie an den Hüften gefangen, sie hat ihre Beine unter meinem Bauch verschränkt. Meine Finger sind zunächst gebunden, in ihre verschlungen, werden dann frei, fahren wieder über all ihre Glieder, meine Augen sind wieder dicht an den ihren, ich nehme meinen Refrain wieder auf, ist es ein Schmerz, eine Qual, eine Folter:

»Tut es dir weh? Ja, das ist notwendig. Unsere Zeit ist begrenzt! Du sollst mich nicht so schnell vergessen!«

Sie schüttelt den Kopf zwischen meinen Händen, die langen Haare fallen ihr in die Augen, aber ich will auch ihren Blick sehen, wie er kentert oder hart wird, sich nach innen gekehrt schließt, ich will …

Nadjia ist beweglicher als ich, sie macht sich frei. Reitet auf mir, ich lasse sie gewähren.

»Unterwirf du mich jetzt! Ich bin dein Gefangener!«, und ohne zu wissen, warum, füge ich hinzu, mit dem echten Akzent meiner Mutter: »O meine Schwester! *(Ya khti!)* «

Waren es diese letzten beiden Worte, die sich offenbar leicht von ihrer eigenen Sprache unterschieden, die bei ihr so etwas wie einen verbalen Wettstreit auslösten, eine Garbe von schönen Klängen, improvisiert und freudenvoll?

Über mir, als nackte Reiterin, die Arme in die Luft gereckt, sagt sie mir lange, gurrende Verse auf, die dahinfliegen und sich gleichzeitig über mich ergießen. Ich verstehe nicht ihren genauen Sinn, sie spricht zu schnell und zu froh, aber ich weiß, es sind Liebesworte aus einem langen Lied von Oran, sie skandiert es, Strophe für Strophe, mit ihrer vibrierenden, taumelnden Stimme. Sie spielt in ihren Liebkosungen auf meinem Körper, auf meinem Gesicht, Bauch, Geschlecht etwas nach – doch was? Am Schluss gibt sie mit einem Kinderlachen zu, dass der Sänger, der diese Verse einst bekannt gemacht hatte – »Allerdings ist dieses Lied heute aus der Mode gekommen«, räumt sie ein, ganz amüsiert –, ein Trinkkumpan ihres Vaters gewesen war! »Denn mein Vater brauchte eine gewisse Zeit, um fast die gesamte Erbschaft durchzubringen.« Sie verstummt, verliert sich einen Moment in Gedanken. »Er wollte bei den Abendgesellschaften und in der Poesie das Unglück vergessen!«

Wir sind wohl zusammen ein wenig eingeschlummert, sie setzte sich im Bett auf, an meine Hüfte gelehnt, und erinnerte sich für uns beide: »Dieses Lied ist meine ganze Kindheit und meine Jugend – habe ich es seither wirklich nie mehr gesungen? Doch, einmal, am anderen Ende der Welt, in Indien, meine ich, oder vielleicht in Ägypten, ich weiß es nicht mehr. Meine Kindheit, meine ganze Familie, vor allem meine Großmutter, alles war wieder da, und ich habe geweint!«

Sie erstarrt, streicht mit den Fingern über mein aufmerksames Gesicht, meine Lippen. Sie lächelt mich an: »Wenn du mir dieses arabische Gedicht damals, als ich siebzehn war, vorgetragen hättest – das war kurz bevor ich aus meiner Stadt floh –, ich wäre bei dir geblieben. Ich wäre natürlich doch weggegangen, aber mit dir zusammen.«

Sie flüsterte, wie zu sich selbst: »Ich wäre seit damals immer noch mit dir zusammen!«

Ich nahm sie schweigend wieder in die Arme. Ich spürte, wie sie plötzlich sanft und verändert war.

»Wie sehr liebe ich«, flüsterte ich ihr ins Ohr, »diese langen Verse der Liebe!«, und vermied eben noch, den Wunsch auszusprechen: »Immer mit dir in den Armen!«

Darauf sagte sie mir, fast wie im Protest und ein wenig müde: »Nicht mehr reden! Was vermögen die Worte mehr?«

Das sagte sie ein wenig unvermittelt und diesmal auf Französisch. Ihre dunklen Augen lächelten, sie übermittelten mir ihre Glut, und es gab nur noch ihre sich nähernden Hände, die mein Gesicht streichelten, es gab ihre Schultern, all die Rundungen, wieder die reiche Fülle ihres nackten Körpers. Auch wieder das allmähliche, vorsichtige, taumelnde Verschwinden ihrer Scham, wie bei einer Tänzerin aus alten Zeiten, und dies verband uns … Meine Liebste möchte das Schiff unserer Begierden sein, und wir fahren wieder den Fluss des dunklen Schweigens hinauf! Das flüssige Königreich meiner Geliebten!

Wer wird einmal benennen, wie sehr die Liebe, solange sie dauert, verhüllt ist? Natürlich mit Worten, die man nicht niederschreiben kann … Sie fand Worte von einst, aus dem anderen Jahrhundert, von unseren gemeinsamen vergessenen Vorfahren, und schenkte mir diese Vokabeln, eine nach der anderen mit jeder Wiederholung, mit jeder Aufwallung unserer Lust. Es war, als zeichnete ihre Sprache, die auch ich plötzlich nicht mehr kannte, einen langen gewundenen Parcours. Unsere beiden Körper, in unterschiedlichen Stellungen oder ruhend, durchstreiften behände und dabei unbewegt einen riesigen, von Mondstrahlen erhellten Wald.

Unser beider Atem, bis zu unserer Ermattung, zu unserer Müdigkeit; eine lange Nacht, die sich herabsenkte, ohne uns zu trennen. Ich wusste nicht, wer von uns zuerst oder länger schlief: Unsere beiden Körper (ich spreche von dem Paar neben uns, das uns verdoppelte und wieder verdoppelte) blieben verbunden, glaube ich, denn als ich kurz vor dem Morgengrauen erwachte, meine Augen erkannten noch nicht das Zimmer, waren es zuerst meine Finger, die unwillkürlich Nadjias Bauch und Hüfte streichelten – sie lag eng an mir – und die Linie ihrer Lenden, eine ihrer Brüste. In diesem Moment glaubte ich, nun völlig erwacht – es sei denn, alles war eine Illusion –, dass meine Träume dieser Nacht voll wilder Liebe, die sich an so viel Lust genährt hatten, dass sie sich ihr zweifellos mitgeteilt hätten, in sie eingesickert wären wie Wasser, in das Unbewusste meiner noch nicht ganz erwachten Geliebten.

Eine Illusion? Wohl nicht, sondern das Ende dieser an Liebkosungen reichen, übervollen Nacht, einer Nacht auch voller Geständnisse. Hatte ich ebenfalls alles wachrufen können, für sie – die ich mitten während der Lust »meine Schwester, *ya khti!*« genannt hatte – alles wiederauferstehen lassen, was ich von meiner Jugend in der Kasba hatte vergessen und leugnen wollen? Nein!

Ich versprach ihr, von mir zu sprechen, mich zu suchen, mich ihr ganz zu überlassen, in der nächsten, unserer letzten Nacht.

Ich bekam kurz vor Morgengrauen Hunger, ich hatte den ganzen Tag nichts gegessen.

»Ich habe Seebarben in einer Vinaigrette zubereitet, wie Anchovis ...«

»Und was gibt es noch?«

»Ich glaube einen Paprikasalat.«

»Brot, ich möchte Brot mit Olivenöl!«

Wir sind ins Halbdunkel hinausgegangen. Wir wollten uns nicht anziehen, wir haben uns in der Finsternis vorangetastet. Ich fand Brot für sie.

»Jedes Mal bei der Liebe bekomme ich plötzlich Lust auf Brot (sie lacht). Eigentlich verlangt es mich nach den Fladen, die mir meine Großmutter immer buk. In Algier gibt es sie noch manchmal auf den Bauernmärkten zu kaufen.«

Sie sinnierte, die nackten Füße auf mein Knie gelegt, biss kräftig in ihre Scheibe Brot, auf der eine Seebarbe und ein paar entsteinte Oliven lagen, und während sie so aß, sprach sie weiter:

»Was diesen Fladen meiner Großmutter am nächsten kommt, sind die *nan* in den indischen Restaurants. Wenn ich dich einmal bitte, indisch essen zu gehen, dann weißt du, dass die Sehnsucht mich danach und nach allem anderen ergriffen hat!«

»Sehnsucht nach deiner Kindheit mit deiner Großmutter oder nach der Liebe, von der du so hungrig wirst?«

Sie antwortete nicht. Mir gefiel dieses Zwischenspiel. Es gab mir die Illusion, dass wir zu zweit noch ein ganzes Leben vor uns hätten … Aber ich schwieg, ich wurde so traurig.

Wintertagebuch

I

Unser letzter gemeinsamer Tag ... Noch heute verfolgen mich unsere Worte, Diskussionen, Bemerkungen, Entdeckungen. Jeder von uns erinnerte sich unter dem Blick des anderen, als wäre er allein, aber das Gedächtnis war anhaltender, es holte Einzelheiten wieder herauf, die jeder für sich verloren geglaubt hatte. Als wenn dieser Blick und diese Erwartung des anderen, des Zwillings, dir die Welt unversehrt zurückgäbe wie in einem unauslöschlichen Film.

Am Morgen dieses letzten Tages habe ich Nadjia vorgeschlagen, wir könnten schwimmen gehen, gleich hier vor dem Haus. Sie lehnte wortlos ab, indem sie nur den Kopf schüttelte. Ich begann ihr plötzlich zu erzählen, wie ich die Kasba einige Tage zuvor in einem Zustand der Zerrüttung angetroffen hatte.

»Ich war zurückgekehrt, ich glaubte, hier neue Kraft gefunden zu haben, mit dem Wunsch, endlich beständig und nicht mehr so dilettantisch zu schreiben. Zuvor hatte ich natürlich meine Rückkehr wie in einem Bilderbogen gesehen: Ich würde wieder in einem alten arabischen Haus wohnen, bescheiden und ohne Komfort, aber mit einer Terrasse. Das Meer in der Ferne und die Geräusche von Frauen und Kindern in den umliegenden Innenhöfen!«

Nadjia konnte ein leichtes, fast spöttisches Lachen nicht unterdrücken: »Da kannst du dich genauso gut in der Medina von Tanger niederlassen! Die Sicht ist nicht so weit wie über die Bucht von Algier, aber du hörst die gleichen Geräusche … Es gibt dort auch einige Engländer mit Sehnsucht nach Exotik … Im Grunde ein Leben wie im letzten Jahrhundert!«

»Egal!«, entgegnete ich. »Hier, in diesem Dorf am Meer, fühle ich mich wohl.«

Ein wenig später am gleichen Tag sagte sie mir zärtlich – sie lag wieder in meinen Armen –: »Du brauchst nur eine Stunde in die Hauptstadt … Doch du lebst wie ein Einsiedler in der Wüste. Hast du denn nicht bemerkt, dass hier ganz nah bei dir dieses Land zu einem Vulkan geworden ist: die Hisbollah, die ›Verrückten Gottes‹, diese neuen Barbaren, werden aktiv, drängen an die Öffentlichkeit, mobilisieren die arbeitslosen Jugendlichen und, das ist das Schlimmste, beherrschen die Medien … Weißt du, ich habe den Eindruck, sie werden die Wahlen gewinnen!«

Sie strich mir über die Stirn und flüsterte, während sie mich liebkoste: »Ausgerechnet in diesem Moment hast du dich entschlossen, das friedliche Paris zu verlassen!«

Ich sehe uns einige Minuten später einander gegenüber am Tisch sitzen. Nadjia hat weitergeredet:

»Sie werden gewinnen!« Die Brust über den Tisch gereckt, setzte sie dann heftig, mit ihrer dunklen Stimme wie getrieben hinzu: »Glaub mir, diese Verrückten bekommen die Zügel in die Hand ... und, sag es mir jetzt, ich möchte beruhigt abreisen: Wie werden eure Oberen auf diesen Schlag reagieren?«

Ich stand auf und schaute kurz aufs Meer. Diese kleine, so begehrenswerte Frau sprach zu mir wie bei einer politischen Diskussion unter Studenten!

»Zuerst mal: Es sind nicht ›meine Oberen‹, weder die Militärs noch die Polizisten, noch die anderen, ob sie einen Anzug oder die Djellaba tragen ... Bitte, Madame, hören Sie erst mal, wie die reden. Schon seit Jahrzehnten nennen sie sich ›die Verantwortlichen‹.«

Ich habe gelächelt, es war wohl ein bitteres Lächeln:

»Wenn ich ihren Jargon hörte, war mir nie klar, ob dieses Wort, das mit der Unabhängigkeit aufblühte, einfach vom arabischen *el me'soul* ins Französische übersetzt worden ist ... Dann liegt die Verdrehung des Sinns im Französischen, denn *el me'soul* heißt eigentlich ›der gefragt wird‹, es setzt einen Dialog voraus, ein Sprechen auf beiden Seiten. Es bedeutet, dass der *me'soul* einem Frager antworten muss ... Aber nicht, dass er entscheidet und vor allem nicht im Namen der anderen.

Es ist also die französische Sprache, die in der Politik bei uns fehlerhaft ist. Bei unseren Regierenden geht das jetzt schon über dreißig Jahre! All die kleinen Mandarine, die sich bei jeder Gelegenheit im Spiegel von Paris und seinen Politikern betrachten. Nur dass Letztere gewiefter sind und deshalb eine etwas bescheidenere Sprache benutzen: Sie betrachten sich als ›Gewählte‹, schließlich sind sie es auch, wenigstens das. Aber sehen Sie sich die politischen Führer von hier einmal an, Nadjia: Sie waren früher Partisanen oder zum Tode Verurteilte – als echte Helden (drei Monate oder drei Jahre in ihrer Jugend) hatten sie Schneid bewiesen –, um sich danach jahrzehntelang in dieser Schaumschlägerei zu gefallen. Es ist ein solcher Niedergang, dass man ihn wohl nur mit dem der einst so schönen Häuser meiner armen Kasba vergleichen kann!«

Nadjia hatte mir aufmerksam zugehört. Sie stand auf und begann wieder, mir geduldig Argumente entgegenzuhalten, wobei mich ihre Hartnäckigkeit verwunderte:

»Aber hast du auf der anderen Seite, bei den Fanatikern, die Raserei in ihren Worten, den Hass in allem bemerkt, was sie lautstark von sich geben? Schließlich habe ich das literarische Arabisch studiert, das Arabische unserer Dichtung, der *Nahda* und der zeitgenössischen Romane, ich kenne schließlich mehrere arabische Dialekte aus dem Nahen Osten, wo ich gelebt habe. Aber diese arabische Sprache von hier erkenne ich nicht wieder. Es ist eine krampfartige, überdrehte Sprache, sie kommt mir völlig abwegig vor! Diese Art zu sprechen hat nichts mit der Sprache meiner Großmutter gemein, mit ihren Koseworten oder mit den Liebesliedern von Hasni El Blaoui, dem einstigen Schlagerstar von Oran. Die Sprache unserer Frauen ist eine Sprache der Liebe und des Lebens, selbst wenn sie klagen oder beten. Es ist eine Sprache der Lieder, auch mit Zwischentönen, sie kennt die Ironie und den bitteren Beigeschmack.« – Sie lächelte mir zu, ihr Gesicht ganz nah an meinem, um halblaut hinzuzufügen: »Und du weißt wohl, *ya habibi*, es gibt auch das Arabische für die Sexualität, das fast schamhaft ist, am Rande bleibt, andeutet, aber so viel verheißt ...«

Sie sprang auf und rief ins Zimmer: »Was für einen Jargon reden die, sag es mir? Was brüllen sie?«

Sie hatte in meiner Küche für mich eine Suppe von Algier gekocht, mit Koriander gewürzt, nur aus Eitelkeit, um mir ihre Kochkunst zu beweisen. Sie ließ mich davon probieren, denn ich hatte ihr gestanden, dass ich die Suppe scharf mochte: Es schmeckte köstlich, aber mir war der Hunger ein wenig vergangen.

Nadjia hatte so viel ausgelöst, als hätte sie mitten im Sturm plötzlich die Fenster geöffnet und der hereinbrechende Wind hätte alles umgestoßen: die Gegenstände, das Begehren, sogar unsere Gefühle. Ich hatte vergessen, wie die Zeit verflog, dass es für uns etwas Dringlicheres gab ... Sie sprach noch weitere Probleme an, als wollte sie die Fenster für das Unwetter draußen offen halten. Als wollte sie mir sagen: Sieh an, mit dem allem lasse ich dich zurück! Sieh es dir nur an!

Der Ton ihrer Worte war wieder gefasst, obwohl ihr die Beunruhigung anzusehen war: »Kürzlich in Algier bin ich viel Taxi gefahren. Früher habe ich mich gern mit den Fahrern unterhalten: Einige von ihnen sind schon älter und teilen dir gleich ungefragt mit, wie viele

Kinder sie haben, wie viele zur Universität gehen und welche Erfolge ihre Töchter in den neuen Berufen haben. Mir bereiteten diese Gespräche in Oran, in Algier Vergnügen, auch wenn sie kurz waren. Jetzt (sie seufzte) merke ich, dass es auf den Wahlkampf zugeht: weil viele von den Taxifahrern, kaum bist du eingestiegen, eine Kassette einlegen. Es ist kein ägyptischer Schlager oder der neuste Raï, o nein, du hörst die Gardinenpredigt eines islamistischen Führers, der sich da im Taxi heiser schreit! Du beschließt, nicht auf den Wortschwall zu hören, aber der Fahrer verkündet dir stolz, dass die Rede am Vorabend in Constantine, Batna oder Blida aufgenommen wurde! Und er nennt die Zahlen: ›vor zweitausend oder vor fünftausend Zuhörern in einem Stadion!‹ Schlimmer als in meiner Jugend bei einem Fußballspiel!«

Nadjia hat sich in Fahrt geredet, ihre Wut oder ihr verhaltener Zorn ist fast vergessen. Ich entspanne mich, während ich ihr zuhöre.

»Und«, so fährt sie fort, »für diese Geräuschkulisse, für dieses Geschrei soll ich auch noch bezahlen! Ich sorge dafür, dass es aufhört: ›Sofort Schluss mit diesem Lärm!‹ Manche Taxifahrer stellen ab, aber nicht alle. Einer hielt sogar mitten auf einem Boulevard und befahl hasserfüllt: ›Raus mit dir!‹ Wenn ich französisch gesprochen hätte, wäre er rücksichtsvoller gewesen, da er mich für eine Touristin gehalten hätte! Mein zweiter Fehler: Ich machte Anstalten zu bezahlen, ich hatte immerhin noch fünf Minuten zu Fuß zurückzulegen ...

Weißt du, was er mir sagte, als er mir das Kleingeld herausgab und mich dabei mit stechenden Augen ansah? Mein Halsausschnitt hatte ihn, glaube ich, schockiert.«

Ich wartete, amüsiert über die Erzählerin, sie spielte die Szene nach, während sie hinzufügte:

»›Bis in einem Monat sind hier alle Frauen anständig angezogen!‹ – ›Das werden wir sehen‹, entgegnete ich ihm, ich wollte mich nicht einschüchtern lassen. ›Wissen Sie, die Frauen haben auch das Wahlrecht!‹«

Sie schaute mich an, in Gedanken noch ganz bei der Szene auf der Straße. Dann zuckte sie die Schultern: »Halsausschnitt – das heißt, ich hatte mich gebückt, und da konnte er wohl meinen Halsansatz und einen Zentimeter von der Haut darunter sehen! In einem Monat wollte er mich vom Kopf bis zu den Füßen in einem schwarzen Tschador sehen.«

Später am selben Tag war ich es, der sich unvermittelt in eine noch fernere Vergangenheit versetzt fühlte:

»Ich möchte dir erzählen, Nadjia, wie im Januar 62 – also nur ein halbes Jahr vor der Unabhängigkeit – ein Neuer in das Lager kam, in dem ich gefangen war (kurz vor meinem sechzehnten Geburtstag). Er war um die dreißig, er sagte nicht, aus welcher Stadt er stammte. Er berichtete auch nichts davon, was er bei seiner Verhaftung erlitten hatte. Einen Tag lang schaute er schweigend zu, wie wir uns in unserem Trott eingerichtet hatten. Schließlich gab er seiner Verwunderung Ausdruck, dass wir in dieser Einheit von zweihundert Gefangenen (mit einem anderen war ich der jüngste) abends keine politischen Diskussionen abhielten. Beim Wort ›politisch‹ blickten wir uns an. Jeder wusste, warum er im Lager war, was er draußen getan und was er unterlassen hatte … Aber ›politisch‹? Das war abstrakt, es passte nicht zu uns. Wozu Diskussionen? Wir schlugen die Zeit tot, so gut wir konnten: Einige rauchten, andere spielten Karten, wieder andere … ›Diskussionen‹? Wir schauten ihn an, im Grunde war er schon ein *me'soul,* ein Kader, doch er schien aufrichtig zu sein, er meinte es, wie er es sagte. Er staunte nur über das, nun, schlichte Niveau unseres Engagements. Er schwang sich zu einer Beweisführung auf: Wir würden stärker dastehen, wenn wir vom ›Nachher‹ redeten … Nachher? Ja, von der Zeit danach!

›Doch wozu diskutieren?‹, fragte einer. ›Nachher, na ja, nachher erwarten wir, dass wir befreit werden. Wir wüssten schon gerne wann, damit wir der Familie Bescheid geben können!‹

Ein anderer warf ein: ›Nachher? Na, dann kommt die Unabhängigkeit! Wir alle hier warten auf die Unabhängigkeit! Wann ist es so weit, weißt du vielleicht etwas?‹

Der Neue zuckte die Schultern. Er wurde ungeduldig: ›Wir müssen miteinander reden, müssen uns vorbereiten, für den Fall, dass die Unabhängigkeit erreicht ist!‹

Er schien etwas Bestimmtes vorzuhaben, nicht wie wir, die einfach zur Familie zurückwollten und hofften, dass alle noch am Leben wären! Nun setzte der Mann (er wirkte markig wie ein Sportler und begann mich schon zu beeindrucken) zu einer eloquenten Rede an, die er mit einem Satz in Französisch beendete: ›Nach der Unabhängigkeit‹, so schloss er voll Eifer, ›werden wir viele Fragen zu diskutieren haben, uns für bestimmte Richtungen entscheiden müssen … Da stellt sich zum Beispiel die grundsätzliche Frage‹ – erst jetzt ging er zur französischen Sprache über – ›Wird Algerien ein laizistischer Staat sein?‹

Einige um mich herum beeilten sich, den Satz für jene, die nur Arabisch oder Berberisch sprachen, zu übersetzen. Das Wort ›Algerien‹ brauchten sie nicht zu erklären, alle hatten ›El Djazaïr‹ nachgesprochen, ›ein Land‹ übersetzten sie natürlich, aber beim letzten Wort blieben sie stecken, was hieß ›laizistisch‹?

Ich weiß noch, das Wort machte um mich herum die Runde wie ein Raunen. Die meisten hatten *l'aïd* in der französischen Aussprache verstanden, denn *laïc*, laizistisch, dieses Wort hatten sie in den sechs Jahren des gemeinsamen Kampfes noch nie gehört. Seit Ende 57 war die nationalistische Organisation auch in der Kasba geschwächt worden: Die einen wurden getötet, die anderen waren auf der Flucht oder hatten bei den Partisanen Unterschlupf gesucht. An ihre Stelle waren die ›Blauen‹ getreten, die mit den französischen Fallschirmjägern kollaborierten …

Am Ende hat einer den Redner auf Arabisch angesprochen: ›Bruder, was hat der Aïd damit zu tun?‹

Die meisten von uns stimmten mit ihm überein, schon lange hatten wir nicht mehr an so etwas wie ein Fest (*l'aïd* in Arabisch) gedacht.

Der Neue starrte uns verdutzt an:

›Ich habe gesagt‹, und er wiederholte die beiden Silben des Wortes einzeln: ›la-ïc, nicht *l'aïd!*‹

Beim Erzählen wird mir bewusst, Nadjia, dass der Begriff ›laizistisch‹ im Arabischen damals noch keine Entsprechung hatte … Es gibt viele Wörter in der arabischen und in der Berbersprache, die einen ›Konsens‹, einen ›Vertreterrat‹, einen ›Diwan‹ oder ich weiß nicht was noch bezeichnen. Aber die laizistische, die Zivilgesellschaft? Da ist eine Lücke, davon fehlt der Begriff bei jedem auf unserer Seite, und ich muss gestehen, in meinem Kopf war damals an dieser Stelle ebenfalls eine Lücke! Als ich mit meinen sechzehn Jahren in das ›Marschallscamp‹ kam, war ich politisch ein Analphabet.«

Nadjia schwieg. Ich dachte einen Moment über die Szene nach, die mir wieder ins Bewusstsein getreten war. Als wenn dieser Mann, ein Algerier wie wir, der mit uns in einem Boot saß (Verhaftung, dann Lager), den Stier bei den Hörnern gepackt hätte, nur damit wir diskutieren sollten. Allein der Gedanke, einen Abend »mit Diskussionen« zu verbringen! Für uns war es einfach, es gab die Soldaten, und es gab uns. Es ging darum, durchzuhalten!

Warum habe ich Nadjia diese Geschichte aus dem Lager erzählt? Vielleicht, weil sie ihren Streit mit dem Taxifahrer so schön vorgeführt hatte, wie er behauptete, in einem Monat würden alle Frauen, ob sie wollten oder nicht, »anständig angezogen« sein.

Nachdem Nadjia eine Weile amüsiert zugehört hatte, änderte sie nun ihren Ton. »Du solltest wieder zurückgehen!«, riet sie mir.

Nun berichtete sie mir von ihren Reisen. Ihr Lebensgefährte war Italiener.

»In Rom, in Padua fühle ich mich zu Hause, besonders in Padua …«

»Meine Reisende, meine Irrfahrerin, meine …«

Sie legte mir ihre Hand auf den Mund. »Lass uns ein wenig träumen«, meinte sie. »Meine Großmutter hat mir ein kleines Haus in der Altstadt von Tlemcen hinterlassen. In zehn, fünfzehn Jahren bin ich fast schon alt. Heute spreche ich den Wunsch aus, mit dir im Haus von Mma Rekia zu leben, und dann werde ich dich bestimmt nie verlassen!«, seufzte sie.

Am Tag nach Nadjias Abreise überkam mich das Bedürfnis, unser letztes Gespräch aufzuschreiben, hier in dieses kleine neue Heft: »Das Land ist ein Vulkan!«, beginnt sie.

Zugleich erinnere ich mich wieder an die letzten Seufzer meiner Liebsten, ihre Stimme wurde dabei fast traurig, als spräche sie einen Wunsch aus, an dessen Verwirklichung sie nicht glaubte: »Bis in zehn Jahren in Tlemcen!« Danach hatte sie für den Fall versichert, dass wir später einmal zusammenleben würden: »Dann werde ich dich nie verlassen!«

Ein Geständnis? Drückte sich darin ihre Sehnsucht aus, mit mir zusammenzubleiben, die sie aber in eine ferne Zukunft in Tlemcen projizierte, da es die Kasba nicht mehr gab?

Ich warf mir vor, dass ich ihr nicht widersprochen hatte: Warum nicht gleich? Warum bleibst du nicht so lange wie möglich hier? Wahrscheinlich, das sagte ich mir im Nachhinein, hatte sie auf diesen Satz von mir gehofft. Zuletzt war unser Zusammensein sehr intensiv, sodass ich an Nadjias Abreise gar nicht glauben konnte. Wie im Spiel von Kindern spürte ich ihre Gegenwart so stark, dass ich die Realität aus den Augen verlor. Alles war nur Spiel und Lust, die prosaische Realität, die uns auseinander reißen würde, blieb völlig ausgeblendet!

Wir sprachen von der Zukunft, von ihren Reisen, und ich fühlte mich wie betäubt. Der Zauber ihrer Gegenwart, immer wieder das Überfließen der Gefühle, meine Verliebtheit, die ich zurückhielt, überdeckten alles andere und rückten es in die Ferne.

Aber sie ging doch fort.

Ja, ich beeile mich zu schreiben, um ein wenig vom Eindruck ihrer Gegenwart festzuhalten.

Ich hätte für diese plötzliche Absenz der Geräusche vorsorgen müssen (mir fehlt vor allem ihre Stimme). Warum habe ich nicht daran gedacht, Nadjia auf Band aufzunehmen? In einem meiner Koffer, die ich noch nicht geöffnet habe, befindet sich ein kleines Tonbandgerät. Ich wollte es benutzen, um das Rauschen der Wellen an manchen Tagen aufzunehmen … Aber beim Zusammensein mit Nadjia vergaß ich ganz, dass ich in ein Loch fallen würde, wenn sie weg wäre … Mir bleibt nur

das Aufschreiben, das unvermeidlich das Erlebte ver-
fälscht: Wenn sie arabisch sprach und ich ihre Sätze aus
der Erinnerung in der anderen Sprache niederschreibe,
wie soll mein Schreiben zu einem Balsam gegen ihr Fehlen werden?

Warum diese Ausweichmanöver in andere Erinnerungen? An den Jugendlichen von sechzehn, der ich
damals war, und an den Mann im Lager, der von Lai-
zismus zu uns sprach? Da fiel mir ein: Ach ja, er hieß
Rachid, wie der Fischer! Wie es wohl diesem Rachid
geht?

Sofort wollte ich ihn wieder sehen, wissen, was aus
dem Rachid geworden ist, an den ich schon so lange
nicht mehr gedacht hatte. Dieses Wort »laizistisch« war
offenbar wie ein Torpedo aus der Finsternis herauf-
geschossen!

Die gesamte Szene, der Kreis der Häftlinge und ich,
der Jüngste unter ihnen, der alles mit ansieht …
»LAIC!« Die Stimme dieses anderen Rachid trennte die
beiden Silben, er konnte kaum begreifen, in welcher
geistigen Passivität wir unsere Haft ertrugen! Immerhin
waren wir zweihundert, nur in dieser einen Zelle bilde-
ten wir schon eine Gesellschaft!

Die vielen gestandenen Männer, Familienväter vom
Land und aus der Stadt, die uns, den Jüngsten, nicht
bewusst machen wollten, in welchem Zustand der
Leere wir uns alle befanden. Doch ein einziges Wort
hatte genügt! Ein französisches Wort, das wir nicht zu
übersetzen vermochten. Vor meiner Verhaftung hatte

ich zwei Jahre als Schriftsetzerlehrling gearbeitet. In der Druckerei hätten sie mich fragen können: »Na, Junge, wie würdest du das Wort *laïc* auf Arabisch übersetzen?« Bei den Kollegen der Firma Guianchin hätte das durchaus passieren können, etwa wenn eine Schulbroschüre gedruckt wurde.

Ich ahnte unbestimmt, dass dieses Wort »laizistisch« eine moderne Bedeutung hatte. Wenn wir darüber diskutierten, würde uns das möglicherweise weiterbringen, da wir doch von nichts anderem träumten als von der Unabhängigkeit … Ich spürte, dieser Rachid eilte uns weit voraus auf dem Weg, der vor uns lag …

2

Im November, das genaue Datum weiß ich nicht mehr, Douaouda-sur-Mer, bei Sonnenaufgang

Obwohl das arabische Alphabet besser geeignet wäre, ein wenig von unserer Verschmelzung auszudrücken, schreibe ich jetzt nicht wie damals, als ich in der Koranschule für die Untere Kasba die kürzesten Suren, die letzten und leichtesten, auf meine Tafel abschrieb. Als Kind kopierte ich sogar kurze Stücke des heiligen Textes auf Seidenpapier, ohne zu wissen, dass diese Kalligrafien nicht dazu bestimmt waren, Kranke zu heilen, sondern lediglich zu segnen und vor jeglichem Unheil zu schützen!

Mit dem Schatten von Nadjia hinter mir, schreibe ich schlaflos und fieberhaft in französischer Sprache, noch unter der Wirkung jener Augenblicke einer flüchtigen Lust. Das lateinische Alphabet ist ebenfalls in diesem Land beheimatet und hat die Jahrhunderte überdauert. Es wurde auf rötliche Steine geritzt und danach in den Ruinen vergessen, deren Trümmer sind geblieben und zumeist wunderschön.

Vor etwas mehr als einem Monat beschrieb ich Marise meine Rückkehr in dieses Land, den gemächlichen Verlauf meiner Tage, Marise, meiner Vertrauten! Ohne Vorwarnung ist dann Nadjia hier aufgetaucht und inzwischen wieder verschwunden. Selbst wenn ich ihr schreiben wollte, ich habe gar keine Adresse. Doch für alles Gold der Welt würde ich sie nicht von Driss erfragen.

Ich höre immer noch Nadjia an meinem Ohr seufzen: »Es ist so lange her, dass ich bei der Liebe arabisch gesprochen habe ...«, eine kurze Pause, dann: »Bei der Liebe und danach!«

Ich höre diese Stimme voll nahem Verlangen, werde ich ihre arabischen Worte verpflanzen können? Werde ich sie hinübergleiten lassen können, um sie in der zweiten Sprache für mich zu bewahren? Ich höre diese in unserer Muttersprache gesprochenen Worte mit der ihr eigenen Musik: Das Französische wird mir dann zu einer engen Pforte, will ich das Geständnis in seiner Sinnlichkeit bewahren, die im Raum meiner Wohnung auch jetzt noch schimmert.

Ich schreibe nur, um Deine Stimme zu hören: Deinen Akzent, Deine Art zu sprechen, Deine Atmung, Deine Lust.

Ich setze mich als Schreiber vor Dich hin, Dir gegenüber, ganz nah, im Innern meines lautlosen Sprechens.

In französischer Sprache setze ich meine Spur einsam fort, der sicherste Weg, zu Dir, zu Deinem Schatten.

Schreiben und zur französischen Sprache übergehen, um mir Deine Stimme und Deine Worte ganz nah zu erhalten. Diese Verlängerung der Echos in meinem Zimmer, im Angesicht des Meers und des Horizonts, der glatt gezogen ist wie der Faden des Begehrens, hilft mir, die Hoffnung aufrechtzuerhalten, dass mein Sprechen Sie eines Tages erreicht – ebenfalls ein Sprechen »nach der Liebe«!

Je länger ich mich an Sie wenden will, desto mehr beschleicht mich die Angst, dass ich Sie nie und nirgends wieder finden werde. Ich, ein gealterter Orpheus, der darauf verzichtet, Sie aus der Finsternis zurückzuholen!

Ich spreche Sie jedoch nur in Arabisch an, meine Schwester-Geliebte – Sie, in meinen Armen. Im Augenblick stelle ich mir vor, wie wir in Rom liegen, die Geräusche von der Piazza Navona dringen durchs Hotelfenster zu uns herein. Ich tausche mit Ihnen meine Kinderworte, ich dringe erneut in Sie ein, auf einem niedrigen Lager, auf irgendeiner Matratze, die auf blauen

Fliesen liegt, die Tür zu einem in der Hitze brütenden Innenhof ist nur angelehnt. Später treffen wir uns vielleicht auf Sizilien wieder, vielleicht im nächsten Jahrhundert, als Passagiere, die in den Umarmungen unseres Wiedersehens zusammengekettet sind, verbunden durch dieselben Kinderworte, die uns in der Raserei entschlüpfen: Bei den anderen ist sie Gewalt, bei uns beiden jedoch eine ausschließliche, anspruchsvolle Zärtlichkeit. Ich nenne Dich in meinem andalusischen Dialekt »ya khti«, meine kleine Schwester, doch unser Inzest ist nur Schein, wir ähneln uns und sind doch grundverschieden, beide schweigsam und streng ...

Ich schreibe in Ihrem Schatten in einer Sprache der Einsamkeit, deren Licht mir wehtut! Wird dieses Französisch meine Stimme gefrieren lassen? Spanne ich, während meine Hand über das Papier fährt, ein Leichentuch zwischen Dich und mich?

Schreibe ich für Sie? Ganz nah bei Ihnen? In dem Bewusstsein, dass es allein für Sie ist, finde ich mich plötzlich (zum ersten Mal in meinem Leben) wirklich in meiner eigenen Ausdrucksweise wieder, die tief in mir verborgen liegt, die Wurzeln fasst, möchte ich sagen.

Im Exil, muss ich feststellen, war ich kein stetiger Schriftsteller!

Ihnen ist es zu danken, dass ich, je mehr ich meine Worte wähle, einen mir eigenen Rhythmus finde, vielleicht weil ich Sie erreichen, Sie wieder einnehmen möchte, wenn schon nicht in meinen Armen, dann wenigstens in diesem Elan meines Strebens ...

Mein zu Ihnen strebendes Schreiben wird zu meiner Haut, meinen Muskeln, meiner Stimme. Mein Französisch fließt, damit Sie es hören, wie Sie das Wellenschlagen unter meinem Fenster hörten, erinnern Sie sich?

Die Liebesleidenschaft ist nicht so sehr ein Überfluss der Worte, der Liebkosungen, der Heftigkeit in der anhaltenden Verschmelzung. Sie wird zu einer Tätowierung auf Papier, die lesbar ist, im Falle, dass ich nicht zu Ihnen zurückkehre oder zu ...

Ich schreibe an Sie, ich spreche zu Ihnen, ich halte mich an Ihr Ohr ...

3

25. Dezember

Beginne ich in diesen Wintertagen wirklich mit einem Tagebuch? (Morgen ist Wahltag, die erste Runde, ich werde nicht hingehen, ich habe mich nicht rechtzeitig in die Wahlliste eintragen lassen.)

Driss ruft mich an: Er ist niedergeschmettert von den ersten Ergebnissen, obwohl sie zu erwarten waren. Die Unzufriedenheit in den unteren Schichten hat dem islamistischen Lager Zulauf beschert. Driss sagt, er und seine Mitstreiter werden Tag und Nacht arbeiten, um ihre Wochenzeitung herauszubringen.

Nadjia hat diesen Erdrutsch vorausgesehen. Wenn die Bedrohung morgen auch außerhalb des Landes bekannt wird, denkt sie bestimmt an mich, »an den Einsiedler«, wie sie sagte.

Mir fällt wieder die Szene im Lager ein, die ich mit ihr wachrief. Diese Missdeutung von *laïc* in *l'aïd* kommt mir heute fast tragisch vor. Angesichts der Masse der »Erwerbslosen« zwischen fünfzehn und zwanzig, die sich auf Arabisch bitter die »Mauerstützen« nennen. Um ihren erzwungenen Müßiggang auszufüllen, scharen sie sich bewundernd um einige »Emire«, die aus Afghanistan zurückgekehrt sind. Auch heute könnte sich die gleiche Szene abspielen wie 1962 im Marschallscamp.

Wenn einer vor diesen jungen Leuten ausriefe: »Unser junger Staat ist eine laizistische Republik!«, schlügen ihm ebenfalls Wut und Beleidigungen entgegen. Der Hass und die daraus folgende Spaltung kündigen den nahenden Bruderzwist an.

Ich habe es letzthin Marise am Telefon gesagt. Es ist meist sie, die anruft, häufig am Sonntagmorgen … Einmal begründete sie es damit, dass Telefonieren an diesem Tag billiger sei, wir könnten dann länger sprechen … Ich spüre, dass sie ab und zu in unser Hotel geht, zumindest in die Cafeteria … Sie bleibt mir zugetan, daher scherzte ich mit leiser Ironie:

»Weißt du, wann ich erfahre, dass mich ein anderer in deinem Herzen ersetzt hat?«

Sie wartete mit einem kurzen Lachen, und ich fügte hinzu:

»Wenn du mich sonntags nicht mehr anrufst!«

Sie widersprach nicht, versuchte von der Bewegung abzulenken, die sie erfasst zu haben schien: »Ich wollte dich dazu überreden, im Frühjahr eine Reise mit mir zu unternehmen!«

»Was, du willst wirklich hierher kommen?«, spottete ich. »Dieses Land wird Touristen nicht mehr sehr freudig empfangen …!«

»Ich hatte gedacht … eine Woche Oberägypten im März, wie wärs?«

Ich habe darauf nicht geantwortet, ich will Algerien nicht verlassen. Stattdessen sagte ich vorsichtig, in einer Aufwallung von Dankbarkeit für Marise, die auf ihre Art so treu ist:

»Ich möchte dir etwas sagen, weil es dich gab, das spüre ich jetzt, wo ich zurückgekehrt bin, dass deine Liebe all die Jahre«, ich zögerte einen Moment, »mich befriedet hat.«

Mir wurde das Gewicht dieser Worte sogleich bewusst: Marise hat mir den Frieden mit mir selbst zurückgegeben, mir, dem Algerier, dem Emigranten, der in Frankreich, bei »ihnen«, arbeitete! Beim Auflegen des Hörers dachte ich wieder an die Fallschirmjäger, die an jenem Abend im Winter 57 meinen Onkel getötet hatten, während er in unserer Blauen Straße dem ganzen Viertel seinen Abschied zurief. Ja, ich hätte mit Marise über diesen Onkel sprechen können, der von Kugeln durchsiebt starb, weil er die Ausgangssperre nicht beachtete … Anschließend hätte ich ihr, der Frau, die meine Mutter »die Französin« nannte, gestanden: »Du hast mir Frieden geschenkt! Aus diesem Grund konnte ich diese Rückkehr in die Heimat wagen!«

30. Dezember 91

Das Land ist in Aufruhr.

Jeden Morgen gehe ich die Tageszeitungen kaufen und lese sie bei meinem Lebensmittelhändler. Manchmal spielen wir zusammen ein, zwei lange Partien Domino. Wir sprechen kaum über die Ereignisse.

Bei dem Durcheinander, das sich ankündigt, bleibt mir nur das Schreiben.

Ich möchte meine Erinnerungen aus der Jugend in einen Zusammenhang bringen, in Szenen, wie ich einige mit Rachid oder Nadjia wiedererlebt habe.

Ende des Jahres

Silvesterabend. In wenigen Stunden wird das Jahr 1992 beginnen. Mit einem Fest, zumindest in Europa. (Ich habe in Frankreich erst spät gelernt, dass man in dieser Nacht aufbleibt. Ich halte mich nicht daran.)

Hier herrscht große Aufregung, aber auch Sorge.

Ich habe letzte Nacht über meine Jugendjahre zu schreiben begonnen. Ich lebe nun im Dezember 60, im Jahr 61 ... Mich überfällt eine Eile, meine Erinnerung schnaubt wie ein Pferd, das schnell aus dem Stall heraus- und loslaufen, bis zum Horizont rennen will ...

12. Januar 92

Das Land erlebt eine Revolution, ein Trauma, ist ein Staatsstreich zu erwarten? Jedenfalls stecken wir offenbar in einer Zwickmühle: Wir haben die Wahl zwischen der Kaserne und der Moschee für die Regierung eines Volks, das nach dreißig Jahren noch nicht einmal von den Wunden des vorigen Krieges genesen ist!

Ich erlebe meine eigene winzigkleine Revolution, und sie verlangt all meine Energie: Der »junge Mann« gewinnt vor mir an Leben. Er bewegt sich, irreal und doch nah, ein Geist, der träumt, hört, die älteren Männer, seine Mitgefangenen im Lager, beobachtet!

Ich dachte, wenn man über die eigene Vergangenheit schreibt, entwickelt man eine Art Egozentrismus. Aber es ist nicht so! Man liebt sich selbst, aber fast wie eine anonyme Person.

Wenn man weiterschreiben will, auch wenn man sich im Dunkeln vortastet, muss man sich schließlich selbst ein bisschen lieben! Ob man es verdient, ist irgendwie zu spüren.

18. Januar

Heute Nacht, während ich noch schlief, fühlte ich ein zwiespältiges Verlangen: Es war weder erotisch noch sexuell, ein wenig wie wohl eine Frau fühlt, die die Bewegungen des Fötus in ihrem Bauch spürt.

Eine Erinnerung hatte mich geweckt, geradezu aufgewühlt lag ich wach, doch war ich zu träge, um aufzustehen. Ich hatte nur etwa vier Stunden geschlafen, aber am Grunde meiner Schläfrigkeit war etwas, das sich regte, ins Wanken, in Bewegung kam.

Im Lande ist die Gewalt hier und da schon ausgebrochen, aber das soll noch nicht bekannt werden, sie glauben offenbar, die unterschwellige Raserei auf diese Art mundtot zu machen. Dann trat dieser vergessene Mann wieder auf die Szene: schon fast ein Greis, starr, ein wenig düster, aber so anrührend, als er endlich die Last der Verantwortung für das Land auf sich nahm. Ich betrachtete sein Bild in der Zeitung, wie er aus dem Flugzeug stieg. Ist Boudiaf der Führer, den das Land braucht? Natürlich haben viele an de Gaulle gedacht, wie er am 13. Mai 68 in die Regierung zurückkehrte, als die Spaltung Frankreichs drohte.

Ich kam gerade aus dem Lebensmittelladen meines Freundes und streifte eine Gruppe von Bauern, die auf den Bus warteten. Als der Name des neuen Präsidenten unter ihnen von Mund zu Mund ging, rief eine Bäuerin, eine alte Frau direkt neben mir, auf Arabisch voll Sorge aus: »Dass Gott ihn beschützen möge!«

Mein Herz krampfte zusammen, aber dann besann ich mich, berührt von der Wärme in dieser einfachen Stimme.

Am Telefon unterhielt ich mich mit Driss über den neuen Präsidenten. Er äußerte sich übertrieben optimistisch. Er meinte sogar, mit einem sehr überzeugten Lachen:

»Wie du kehrt dieser Held des 1. November in die Heimat zurück!«

Darauf musste ich meinerseits lachen: »Zwar bin ich zurückgekehrt, aber ich habe bestimmt nichts von einem Helden, das ist sicher!«

Driss erwiderte: »Du weißt offenbar nicht (in seiner Stimme schwang Treuherzigkeit mit), dass du meine ganze Kindheit hindurch ›mein‹ Held warst!«

Doch Driss hat Unrecht. In der Vergangenheit war ich höchstens der kindliche Zeuge in einer Masse, die ins Abenteuer gestürzt wurde!

14. Februar

Schreiben ist ein Zwang: Wenn das geliebte Wesen fehlt und du es nicht vergessen kannst, beginnst du zu schreiben, um so die Verbindung aufzunehmen!

Ich schreibe, von Nadjia heimgesucht, und hoffe, dass sie meine Stimme erkennt, wenn sie dies eines Tages liest, und sei es am anderen Ende der Welt! Es ist zwar unwahrscheinlich, aber nicht ganz ausgeschlossen. Trotz unserer Trennung schreibe ich in ihrer schattenhaften Gegenwart. Ich lasse mich wieder auf dem Territorium meiner Kindheit nieder, auch wenn meine Kasba in Schutt und Staub zerfällt.

Ich schreibe im Land der Kindheit, für eine verlorene Geliebte. Um alles wieder in Erinnerung zu rufen, was ich in mir ausgelöscht habe während dieses allzu langen Exils.

Ich schreibe in französischer Sprache, obwohl ich mich in Frankreich lange Zeit selbst vergessen hatte.

Lieben, Schreiben: Beides erfahre ich jede Nacht. Manchmal höre ich nicht einmal das Meer. Bei Sonnenaufgang, der in dieser kalten Jahreszeit so erhaben ist, zeige ich mich jedes Mal dem Tageslicht wie ein Schlafender. Nadjia, Du meine Grotte von Ephesus, in der ich allein ruhe, höchstens vielleicht bewacht von einem Hund. Keiner wird es erfahren außer mir und Dir vielleicht, wenn Du dies hoffentlich irgendwann liest.

In ein, zwei Jahren kommst Du in einen Buchladen von Paris, etwa an der Place Saint-Sulpice, oder in Venedig in der Nähe des Canale Grande. Du kaufst dieses Buch und liest es in einem Zug durch. Ein paar Tage später steigst Du in ein Flugzeug und bist da.

Bei der Umarmung zur Begrüßung sagst Du zu mir: »Ich komme wieder, wie versprochen. Wir wollen in Tlemcen leben, im Haus meiner Großmutter!«

Ich werde mich nicht einmal erstaunt zeigen. Danach, im Bett, werde ich Dir tausendmal sagen: »Ich wusste, du würdest Wort halten!« Alle Nächte werden wir zusammen verbringen. Du, meine wiedergefundene Kasba.

Jugendjahre

I

Anfang Dezember 1960, sechs Jahre nach dem Beginn des Unabhängigkeitskriegs, fängt in der Hauptstadt Algier das Feuer wieder zu glimmen an, bald sollte es noch einmal auflodern.

Diesmal geht es nicht von der Kasba aus, sondern von den Arbeiterbezirken am Rande, auf der anderen Seite der Innenstadt, von Belcourt. Junge Männer zwischen fünfzehn und zwanzig, bald gefolgt von unverschleierten Frauen jeden Alters, gehen auf die Straße.

Am 11. Dezember eskaliert die Situation. Rufe werden laut und hallen in Sprechchören, bloße, geöffnete Hände werden in den Himmel gereckt oder entrollen die algerische Fahne direkt vor den Augen der französischen Soldaten, die in Stellung gehen, wutentbrannte Gesichter rufen: »Algerien den Algeriern!« Dieser Schrei wird sofort etwas weiter entfernt aufgenommen und läuft durch die Straßen und Avenuen auch in die Viertel hinein, wo die Angehörigen der weißen Unterschicht sich überstürzt in ihren Häusern verbarrikadieren oder die Szene vom Balkon aus beobachten.

Um diese Zeit bin ich fast fünfzehn. Schon seit einem

Jahr gehe ich zur Arbeit, denn meine Familie (Mutter, Großmutter, Schwestern) hatte monatelang auf Pump und von verschiedenen Notlösungen leben müssen; dies hatte bereits nach der Verhaftung meines Vaters und später meines Bruders angefangen, während der Schlacht um Algier.

Im Jahr zuvor war ein Nachbar auf mich zugekommen:

»Ich habe einen Freund, der ist Schriftsetzer, er sucht einen Lehrling mit guter Schulbildung, für ein Praktikum in der größten Druckerei der Stadt. Sie ist in der Nähe des Manöverfelds, du hättest keinen weiten Weg!«

»Gute Schulbildung?«, fragte ich zögernd.

Seit wir im Laufe des Jahres 58 vom Schicksal meines Vaters erfahren hatten, der zuerst gefoltert und schließlich in ein Gefangenenlager im Süden des Landes überführt worden war, hatte ich die Schule in der Straße vom Sudan nicht mehr besucht.

Auch zur Aufnahmeprüfung ins Lycée war ich nicht erschienen. Dabei hatte ich dem Direktor, Herrn Benblidia, versprochen, die Prüfung im Grand Lycée abzulegen. Ich hatte Angst, außerhalb meines Viertels fast nur mit europäischen Jungen zusammen zu sein – in unserer Straße wussten wir, wer Jude, Spanier, Malteser oder (davon hatte ich bei uns allerdings noch keinen gesehen) ein echter »Franzose aus Frankreich« war!

Ich hatte dem treuen und gutherzigen Herrn Benblidia versichert, dass ich die Prüfung machen würde.

Er war dem Direktor Gonzalès nachgefolgt, der mich einst hatte von der Schule verweisen wollen.

Am Ende war ich nicht zur Prüfung gegangen, denn ich wollte meine Kasba nicht verlassen. Schließlich war der Vater im Gefängnis, der Bruder nach ihm ebenfalls verhaftet worden, ich war nun der einzige Mann im Haus. Mit einem Mal war ich frei, das heißt ganz erfüllt von meiner Bedeutung für die Frauen der Familie, besonders für meine Schwestern. Wer sollte auf sie aufpassen, wer sollte die Fremden daran hindern, sie respektlos zu behandeln? Meine beiden jüngeren Schwestern besuchten (gewissenhafter als ich) noch die Schule, ich wappnete mich also, sie gegen jeden Übergriff zu verteidigen. (Wenn einer auf der Straße sie zu scharf anblickte, ein Wort zu viel hingeworfen wurde, wenn sie vorübergingen.) Die eine war elf, die andere neun Jahre alt!

Schlagartig war mir in unserem Viertel die Aufgabe eines Beschützers zugefallen. Ich nahm diesen Vorwand oder diese anerkannte Rolle (schließlich war ich der Sohn des ehrwürdigen Si Said) zum Anlass, nicht zur Prüfung für die Aufnahme ins Lycée zu gehen.

Ich begann, mich in den maurischen Kaffeehäusern herumzutreiben. Nachmittags verkaufte ich Comichefte an die leseunkundigen Halbstarken, die sich um das Kino Nedjma drängten. Während sie auf die Vorführungen ägyptischer oder amerikanischer Filme warteten, setzten sie sich hin, kauften mir diese Hefte ab und bewunderten die Zeichnungen. Ich fasste manchmal die Geschichten kurz für sie zusammen, denn sie konnten kaum die Texte in den Sprechblasen entziffern. Nur von den Bildern ausgehend, dichteten sie sich ganze Romane zusammen. Sie waren meine treue Kundschaft, für sie legte ich alle meine Hefte auf dem Asphalt vor dem einzigen Kino des Viertels aus. Wenn ich jeden Abend zehn bis zwanzig Käufer fand, genügte mir das als Taschengeld. Dann überkam mich die Lust, in die »unanständigen Häuser« zu gehen. Mein Herz klopfte schneller bei dem Gedanken an die Frau, die mich in die Liebe einführen würde … voll Zärtlichkeit. Voll Zärtlichkeit, gewiss … aber wie? Ich wagte es noch nicht, träumte nur jede Nacht davon …

Dass ich nicht mehr zur Schule ging – ich musste schließlich meine beiden Schwestern außerhalb des Hauses beschützen, das heißt kontrollieren, während sie freilich weiter lernten –, bildete für mich den Beweis, dass ich kein Kind mehr war. Fast schon ein Mann, dachte ich, denn in meiner damaligen Unwissenheit oder Naivität war mir nicht einmal bewusst, dass es ein Alter dazwischen gab, die »Adoleszenz«.

Ich schreibe jetzt das im Französischen so schöne Wort »Jüngling« – *adolescent!* In meinem Viertel hätte man auf Arabisch *seghir* gesagt, der »Jugendliche«, wie man im Kino auch den »jugendlichen Liebhaber« nennt. Die Bezeichnung für den Hauptdarsteller in den süßlichen Liebesfilmen mit Gesang, wie sie in Ägypten produziert wurden … Das war kein Vorbild für mich!

Da mein Vater gefoltert und gefangen, mein Bruder ebenfalls inhaftiert worden war, konnte ich mich nicht als *tfel* oder *seghir* aus diesen Romanzen verstehen. Bei uns träumte jeder davon, wenn er einmal groß wäre, ein »harter Kerl« zu werden wie die Männer, die sich den französischen Fallschirmjägern entgegengestellt hatten und fast alle getötet wurden! Wie Ali-la-Pointe!

2

Mein Bruder ist eben aus dem Gefängnis entlassen worden. Er selbst arbeitet nicht, aber seit er frei ist, scheint er irgendwie beschäftigt zu sein. Ich habe seit einem Jahr eine feste Lehrstelle in der Druckerei Guiauchin. Mein kleines Einkommen entlastet meine Mutter. Ich kann abends behalten, was ich beim Verkauf der Comichefte verdiene.

Alaoua und die Mutter führen lange vertrauliche Gespräche; manchmal verschwindet er für mehrere Tage, aber sie sorgt sich nicht mehr um ihn. Ich bin froh, dass er mich jetzt nicht mehr beaufsichtigt: Er lässt mich auf der Straße auf meine Schwestern aufpassen. Tagsüber bin ich der strenge Bewacher, abends träume ich vor dem Einschlafen von den Frauen in den »unanständigen Häusern«.

11. Dezember 60: An diesem Tag essen wir in unserer kleinen Küche zu Mittag. Auch mein Bruder Alaoua ist

da, im gewohnten autoritären Ton verlangt er: »Es ist zwölf Uhr. Irgendwie ist es in den letzten Tagen unruhig in der Stadt. Wir sollten einmal die Nachrichten im Radio hören!«

Die Sprecherin beendet gerade ihren Kommentar in französischer Sprache: »In Belcourt ist es heute zu Demonstrationen gekommen, die seit dem Morgen anhalten … Die Sicherheitskräfte haben das Viertel umstellt.«

Wir hören in gespanntem Schweigen zu. Die Sprecherin endet mit einem Satz, der meinen Bruder aufspringen lässt: »Da es in der Kasba noch ruhig bleibt, ist zu erwarten, dass schon bald die Ordnung wiederhergestellt sein wird.«

Die Worte »Da es in der Kasba ruhig bleibt …« erzürnen meinen Bruder so, als wäre er persönlich angegriffen worden: »Was heißt, in der Kasba, in der Kasba … Sind wir hier etwa keine Männer?«

Wir wenden uns alle ihm zu: Er hat Recht. Er gibt den Frauen, der Mutter, den Schwestern, Anweisungen: »Ihr habt doch eine große Fahne genäht, gebügelt, weggeräumt, irgendwo in einer Schublade versteckt! Holt sie raus … Der Tag ist gekommen!«

Auch ich erhebe mich und warte, neben Alaoua stehend, auf die Fahne. Jedes Haus in der Kasba besitzt eine eigene. Seitdem die Schlacht um Algier Ende 57 vorüberging, bei der unsere Helden getötet oder eingesperrt wurden, wartet dieses einfache Stück Stoff auf seine Stunde. Die Fahne ist unser Symbol, sie verkörpert unsere Hoffnung!

Ich steige mit Alaoua auf die Dachterrasse. Mein Bruder greift sich eine der Stangen, an denen die Leinen zum Wäschetrocknen gespannt werden. Schnell entsteht daraus ein Mast, die Schwestern bringen die Fahne, die vollständig entfaltet ziemlich groß ist.

Ich hänge sie mit Alaoua ganz offen heraus, alle Vorsicht ist vergessen. Auch auf manchen benachbarten Dächern tauchen jetzt Fahnen auf. Offenbar hat der Satz der Radiosprecherin, »Da es in der Kasba ruhig bleibt …«, bei allen die gleiche Reaktion ausgelöst. Später würde Alaoua sagen: »Was ich an jenem Tag im Radio hörte, beleidigte meine Ehre!«

Während von jeder Terrasse der Oberen Kasba Youyou-Rufe schrillen, zum Himmel hinauf und zum Meer hinabschallen, verlässt die männliche Jugend die Häuser und nimmt Fahnen schwenkend die Straßen ein.

Von den Dächern aus beobachten die Frauen, wie sie die Gassen hinuntergehen und sich in den breiteren Straßen den Hang hinab verteilen, später die großen Avenuen füllen. Ihre schrillen Youyous folgen den Demonstranten, werden zu einem dauernd fließenden Wasserfall, einem Sturzbach plötzlich aufkommender Freude; ein anhaltendes Hochgefühl des Wagemuts.

Ich befinde mich im dichten Strom der Menge, der eben in die breite Marengo-Straße biegt, auf deren anderer Seite das Wohngebiet der Franzosen beginnt. Bei unserem Herannahen wird alles schnell verriegelt, die kleinen Läden, die Cafés, die Häuser … Die Bewohner schauen uns an, doch nur von oben, von den Fenstern und Balkonen, hinter den Vorhängen. Sollen sie doch!

Mittendrin, wo die Menge sich austobt, mit Rufen und Sprechchören (dahinter stets das hohe Trillern der Frauenstimmen, wie ein ununterbrochener Vogelschrei), sehe ich mich, mit einem langen dicken Pfosten, vielleicht auch einem Stuhlbein in der Hand. Ich gehe dazu über, die Scheiben einzuschlagen – die Schaufenster der kleinen Läden, die aussehen, als seien sie nur zur Mittagspause geschlossen worden.

Um mich herum betätigen sich weitere Randalierer, gut gelaunt wie ich, sie rufen begeistert mit mir: »Algerien! *El Djazaïr* ...« Wir erfinden neue Sprüche, mit Variationen, wir skandieren sie, singen, auf Französisch und Arabisch, für uns und für die auf der anderen Seite der Straße. Wir spüren ihre Blicke, ihre Erwartung, ihre Augen, die hinter den heruntergelassenen Rollläden verborgen bleiben! Nicht weit entfernt vollbringen andere Burschen das Zerstörungswerk methodischer und mit kälterer Entschlossenheit: in den französischen Cafés, wo man uns nie bediente, in den Bars, wo wir weder Wein noch Bier bestellen würden.

Die Franzosen haben sich versteckt, sie zittern vor Angst, dies ist unsere Stunde! Die Radiosprecherin war zu weit gegangen, als sie sagte: »Da es in der Kasba ruhig bleibt ...« Ich ergänzte: »Das war keine Ruhe, Madame, nur ein Abwarten!«

Meinen Bruder, der als Erster zur Antwort auf die Sprecherin ausgerufen hatte: »Sind wir hier etwa keine Männer?«, ihn habe ich aus den Augen verloren. Wir beweisen es jetzt, wir sind Männer, Kinder und zugleich Männer! Seit Jahren warten wir nur auf diese Stunde: »Wach auf, Volk der Kasba, seit 58 haben sie dich durch die Besatzung der Harkis, der Blauen, ihrer Kollaborateure, entehrt! Ist Ali-la-Pointe etwa umsonst gestorben?«

Heute sind ihre Cafés geplündert, ihre Schaufenster nur noch Scherben. Die Kleinen und die Heranwachsenden sind auf der Straße, fröhlich, ausgelassen, tatendurstig.

Ich weiß nicht, wie viele wir sind, ein immer dichter und dunkler werdender Wald, gellende hetzende Schreie schwellen an, ein Echo unserer Wut! Ich fühle mich nur als Teil der Menge, die sich bewegt, die zerschlägt, zerstört, zertrümmert, plötzlich schweigend innehält, bis eine weitere tosende Welle sie weiterdrängt.

Eine Pause tritt ein. Wir sind vor der Bäckerei des Spaniers angelangt: Der Laden ist geöffnet, die Brote liegen ordentlich aufgereiht, wie an einem gewöhnlichen Tag. Das Besitzerpaar und ihr arabischer Gehilfe stehen reglos da, sie lächeln nicht, zeigen aber auch keine Angst. Sie sind bereit, das Brot herzugeben, es zu verkaufen oder auch zu verschenken.

Ohne Anweisung von oben drängt die ruhig gewordene Menge an dem einzigen geöffneten Laden friedlich vorbei; unsere Leute schweigen, machen still um die spanische Bäckerei einen Bogen, weiter auf ihrem Weg zu den nächsten Schaufenstern, die sie allerdings einschlagen werden.

Ich bin der Erste, der in eine Drogerie eindringt. Auf einem Regal finde ich nagelneue kleine Hacken zum Verkauf, sie kommen wie gerufen! Ich nehme mir zuerst eine, die anderen tun es mir nach, jeder seine Hacke und los, das ganze Geschäft wird systematisch zerlegt, seine große Fläche reicht tief in den erfrischenden Schatten hinein, und ist natürlich wie ausgestorben.

Ich werde wirklich zum Vandalen, eine Ausgelassenheit im Takt, ein Rhythmus ... Hinten öffnet einer die Kassenschublade, ein anderer wirft kleine und silberne Münzen in die Luft, schleudert bündelweise die Scheine heraus. Das Geld glänzt im Halbdunkel, fällt langsam, ein schimmernder Regen. Ein Dritter ruft wie im Spiel: »Wir sind keine Diebe!« Auf Arabisch.

»Er scheint froh zu sein wie ich!«, denke ich bei mir, ganz erfüllt von dieser reinen berauschenden Freude an der Zerstörung ohne Sinn (und ohne Lärm).

In der Kühle der Drogerie komme ich mir vor wie der Anführer einer Armee von Jugendlichen, die sich nach langen grauen Jahren austoben ... Ich erinnere mich auch, dass es unerwartet still ist, denn die Youyous der Frauen in der Kasba erreichen uns nicht mehr; in der schattigen Kälte dieser verlassenen Stätte befinden wir uns auf feindlichem Territorium. Wir gleichen darin unseren Vorfahren, den gefährlichen Korsaren von Algier, die alles plünderten und zerstörten, wenn sie einst im Norden an Land gingen …

In meinem Lebensdurst, der sich in rohe Kraft verwandelt hat, gelange ich vor zwei riesige Fässer: Mit meiner Hacke in der Hand vergesse ich jede Verantwortung, einem ziellosen Willen unterworfen, angetrieben von einem Frohsinn, der neue Nahrung sucht. Ich will es mit diesen Fässern versuchen, was sie wohl enthalten? Ich und zwei andere Kerle werden es wagen, ich ermutige sie, die Fässer von vorn zu bearbeiten. Um sie anzufeuern, schreie ich:

»Eines ist sicher, da kommt kein Wein raus!«

Wir schlagen, hacken auf die Fässer los, ein kindliches Fest! Jäh ergießt sich aus einem von ihnen eine schäumende Flüssigkeit, die zischt, die Augen reizt, sich schnell in unsere Lungen setzt, uns am Atmen hindert …

Meine Neugier erlischt, ich weiche mit schmerzenden Augen zurück. Die Meute, noch zögernd inmitten der fast erstickenden Dämpfe, schiebt dem Ausgang zu. Als Letzter gelange ich hinaus, finde sie an der frischen Luft wieder. Sie brüllen erneut die nationalistischen Sprechchöre, wir setzen die Marengo-Straße hinunter unseren Weg fort.

»Lasst uns zum Platz mit dem Pferd gehen!«, brüllt vorne eine gellende Stimme.

Ich verstehe nicht, in was für ein Geschiebe ich plötzlich geraten bin. Nachdem sie die Tür zu einem Wohnhaus eingeschlagen haben, drängen einige in eine Art

Flur … Ich folge ihnen, fühle mich aber unsicher. Manche bleiben vor mir stehen. Meine Neugier treibt mich, sie zu überholen. Jetzt kann ich besser atmen, ich fühle mich von den Dämpfen in der Drogerie befreit, meine Augen schmerzen nicht mehr.

Es wird still, ich bahne mir einen Weg durch die Menge. Erst jetzt bemerke ich, dass dieser lange Flur im Erdgeschoss zur Wohnung einer Familie gehört. An seinem Ende stehen vier oder fünf Gestalten, starr vor Schreck, und schauen uns entsetzt entgegen: »Tötet uns nicht! Tötet uns nicht!«, schreit eine Frauenstimme.

Ich habe immer noch die kleine Hacke in der Hand, ich fühle mich wie im Traum. Es ist mir unangenehm, »bei Leuten« zu sein. Unmittelbar danach erkenne ich eine der vier oder fünf Personen … Ich rufe: »Das ist Popaul! Er geht in meine Klasse! Rührt sie nicht an!«

Mit meiner Hacke in der Hand stelle ich mich in den Raum zwischen den Erschrockenen, denen ich meinen Rücken zuwende, und meiner Gruppe. Wieder sage ich in bestimmtem Ton:

»Mein Klassenkamerad wird nicht angerührt!«

Dann winke ich die anderen mit meiner Hacke wieder nach draußen.

Dort strömen Demonstranten von allen Seiten herzu, ein wahrer Ameisenhaufen, sie kommen aus allen Ecken unserer Kasba.

»Zum Platz mit dem Pferd!« ist die Losung.

Ich schließe mich dem Strom an. Von einer Gasse auf der Linken fließen, wie ein regulierter Bach, Männer in ordentlichen Reihen herzu. Sie schauen sich unser Durcheinander und unseren Überschwang an. In der ersten Reihe dieser »kleinen Armee« (denke ich, wegen ihres Schweigens und ihres entschlossenen, aber ruhigen Auftretens) erkenne ich meinen Bruder Alaoua.

Er kommt auf mich zu, wortlos betrachtet er die kleine Hacke, die ich in der Hand halte. Sein Blick ist hart, fast wie der eines Richters. Ich will mich abwenden, doch er packt mich am Arm, zieht mich herum und zischt mir in seiner gewohnt autoritären Art zu, während er mir die Waffe abnimmt: »Hast du gemerkt, wie du aussiehst?«

»Was? ...«

»Du kleines Arschloch«, fügt Alaoua sehr leise hinzu, »schau dir doch mal die rote Farbe an, mit der dein ganzer Rücken verschmiert ist!«

Ich merke, dass ich von oben bis unten beschmutzt bin, gewissermaßen in allen Farben schillere.

Wohl aus der Drogerie, oder ich weiß nicht, wo das herkommt!, denke ich bei mir. Bevor Alaoua mit seinem Trupp weiterzieht, gibt er mir noch rasch den Rat:

»Geh dich erst mal waschen und umziehen! Du hast noch genügend Zeit, danach zu uns auf den großen Platz zu kommen!«

Er verschwindet. Dieses eine Mal hat er Recht – aber es ärgert mich, dass dieser Rat von Alaoua richtig ist: Bis zu unserem Haus brauche ich nur ein paar Minuten, ich kann auf einen Sprung hingehen, mich waschen, die Kleider wechseln und möglichst schnell wieder zurück sein …

Zu Hause, in der Blauen Straße, erledige ich alles in Windeseile und bin nach einer halben Stunde fertig. Ich dusche in der Waschküche auf der Terrasse – all dieses klebrige Rot von meiner Haut entfernen –, meine kleine Schwester eilt hin und her, um mir die frischen Kleider zu bringen. Ich kämme mir die nassen Haare sorgfältig zurück (dabei betrachte ich mich in einer Spiegelscherbe, als wollte ich zu einer Hochzeit in der Nachbarschaft eilen). Unter Youyou-Rufen verlasse ich wieder das Haus, auch meine blinde Großmutter ist bei den Frauen, ich höre, wie sie hinter mir voller Sorge fragt, woher dieses Rot kommt, von dem die Rede ist:

»Ist es wirklich Farbe? Kein Blut? Ihr verbergt doch nichts vor mir?«

Ich lache, behalte ihre sorgenvollen Worte noch im Ohr, während ich eilig zu den anderen zu gelangen suche. Sie hatte eine Art Vorahnung gehabt, eben die rote Farbe sollte mich retten.

Auf dem Platz waren die Soldaten, die Polizei angetreten, auch die Streitkräfte der Admiralität, die ganz in der Nähe stationiert waren, alle befanden sich in Wartestellung. Nachdem der Platz, den sie den »Platz des Gouvernements« nannten, gefüllt war mit der befreiten, ausgelassenen, fröhlichen Menge, deren Stimmung allerdings schnell umschlagen sollte, begann die Schießerei.

Sie hielt über zehn Minuten an.

Schreie, Gedränge nach hinten, manche fallen zu Boden, es gibt Verletzte, Sterbende und die anderen, die fliehen, zurückweichen, schreien. Andere singen weiter, in einer anderen Tonart: »Algerien den Algeriern!«

Danach der Tumult. Neue Schüsse. Die Züge der Aufständischen zerstreuen sich und bilden sich neu, Einzelne sind blutüberströmt, drängen in die Gassen und Gässchen, die Gesunden tragen oder stützen die Verletzten. Nur der Polizei entkommen, die bald hier heraufgelangen wird ... Doch werden sie sich nicht bis in unsere Höhlen trauen, weder sie selbst noch ihre Hunde, noch ihre Blauen.

Einige Stunden später, kurz vor Sonnenuntergang, werden tief gebückte Frauen, deren Köpfe ganz von weißer Wolle verhüllt sind, sich langsam über die Steinfliesen des riesigen Platzes vortasten, der immer noch umstellt ist, ja, sie kommen, um einen Sohn, einen Ehemann unter den Toten herauszufinden.

Dank der roten Farben, die ich auf Befehl meines Bruders schleunigst abgewaschen hatte, um mich dann umzuziehen, fast herauszuputzen, war ich nicht mit dem Blut der anderen in Berührung gekommen. Nicht einmal ein kleiner Fleck, der in meiner Hand getrocknet wäre! Als ich damals, kurz vor meinem fünfzehnten Geburtstag, das Feuer des Aufstands in meinen Adern spürte, das brodelt, aber immer vergebens ist, erlebte ich auch zum ersten Mal Auflösung und Flucht.

Unvergessliche, angstzitternde Dialoge, als handelte es sich um Verfolger ohne Namen, fliegen an mir vorbei, ohne Ziel:

»Es ist noch nicht zu Ende, Bruder!«

»Lasst uns unsere Toten mitnehmen. In der Nacht wollen wir die Toten ehren!«

»Wir machen morgen in aller Frühe weiter!«

»Morgen früh wird die Kasba wieder zur Stelle sein!«

Ja, ich höre, ich schaue, ich verstehe es kaum, fast ist es mir peinlich, ich bin weder unter den Getöteten noch unter den Verletzten, aber auch nicht bei den Hasenfüßen. Ich gehe langsam, schweigend nach Hause. War all dieser Aufruhr, all diese Besinnungslosigkeit, dieses Austoben nur ein Traum gewesen? Meine Mutter sitzt voll Sorge auf der Hausschwelle, doch sie weint nicht. Sie beschwichtigt meine Großmutter:

»Alaoua ist am Leben, er wird sich verstecken müssen! Berkane kommt eben nach Hause, der Prophet sei gelobt!«

Die Frauen im Haus verstummen. Die ganze Nacht über deuten sie von der Dachterrasse auf die Häuser in der Nähe – wir erkennen es an den brennenden Kerzen –, wo für Tote oder Sterbende gebetet wird.

Am nächsten Morgen laufen erste Zahlen um: mindestens fünfzig bis siebzig Tote nur auf dem Platz mit dem Pferd, hunderte in der ganzen Stadt, tausend Opfer, die in den anderen Städten des Landes fielen.

In der Kasba hielt der Aufstand acht Tage lang an.

Gewiss, er nahm an Heftigkeit ab, doch er begann

beim Morgengrauen, angeheizt durch die Gesänge der Frauen, die von den weißen Dachterrassen aufstiegen – als Erstes, wie eine Hymne an das Meer zu unseren Füßen –, in den verwinkelten, gestuften Gässchen skandierten dann die Jungen, immer jüngere, in hellen Scharen: »Algerien den Algeriern!« Plötzlich Worte eines nicht nachlassenden Strebens, einer ununterdrückbaren Wut.

Alle Schulen bleiben geschlossen, die Jungen lernen die Straße kennen, die überschäumende Straße der lebendigen Kasba. Die gesamte Marengo-Straße entlang halten die Europäer ihre Läden geschlossen. Auf dem El-Kettar-Friedhof beugen sich verschleierte alte Frauen um offene Gräber, sie psalmodieren und beten lange, bevor sie schweigend nach Hause gehen, ins Labyrinth unserer engen Gässchen.

Doch nach acht Tagen müssen alle wieder zur Arbeit zurückkehren, zu einem falschen Frieden. Denn die einfachen Bewohner der Kasba sind allesamt Tagelöhner. Wer kann da mehr als acht Tage durchhalten, ohne zur Arbeit zu gehen, wenn auch schweren Herzens?

3

Davor, ich war erst dreizehn oder dreizehneinhalb. All meinen Mut zusammennehmend, vor Kühnheit vibrierend und mit der Faust voller Münzen aus meinem Tagesverdienst (seit einigen Monaten schon verdiente ich mir ein wenig mit Comicheften dazu), rechnete ich mir aus, dass ich, anstatt zwei- oder dreimal hintereinander ins Kino Nedjma zu gehen, möglicherweise genügend eingenommen hatte, um endlich als Freier in eines der »unanständigen Häuser« zu gehen, die ich nun kannte.

Mir war nicht entgangen, dass in zweien oder dreien dieser Adressen die »Damen von geringer Tugend« recht einfach lebten, fast wie die Frauen unserer Familie: in den gleichen alten Gebäuden mit den gleichen ärmlichen Innenhöfen. Wenn diese Damen einkaufen gingen, trugen sie, wie alle Algerierinnen, einen Schleier aus Seide oder Wolle, doch erkannte man sie daran, dass sie manchmal ein Bein entblößten oder ein verrutschter Schleier einiges von ihrem Ausschnitt zeigte. Außerdem war ihr Gesicht auffällig geschminkt wie bei den Europäerinnen. Und schließlich trugen sie morgens wie abends Goldschmuck um den Hals oder in den Haaren. Kurzum, selbst wir Kinder wussten, dass sie genauso aussahen wie unsere Nachbarinnen oder Verwandten und doch nicht: Wir fanden diese Damen immer heraus.

Sie arbeiteten, das habe ich erst einige Zeit später erfahren, gewissermaßen auf eigene Rechnung – nicht in geschlossenen Häusern. Sie führten eine Art eigenes Gewerbe, da sie im Allgemeinen nur einen Beschützer hatten, der es ihnen überließ, wie sie sich den Tag einteilten, wahrscheinlich weil er, wie es hieß, gleichzeitig ihr Zuhälter und ihr Geliebter war.

Jedenfalls war es lange Zeit vor meiner Zerstörungswut im Dezember 60, ich war fast noch ein Kind, verdiente aber seit einiger Zeit eigenes Geld, als ich mich eines sonnigen Morgens zu einem der »unanständigen Häuser« aufmachte, das zudem nicht weit von unserer Blauen Straße entfernt war. Um mir selbst Mut einzuflößen, hatte ich mit zwei Gleichaltrigen gewettet, die über mein Wagnis ganz erschrocken waren.

»Also ich gehe jetzt!«, fasste ich meinen Entschluss.

»Aber wenn du zurückkommst, erzählst du es uns, versprochen?«

»Ich erzähle alles«, erwiderte ich, ebenfalls um mich selbst anzustacheln.

Ich eilte geradewegs bis zu dem kleinen Haus, das mir eine Woche davor aufgefallen war. Die Tür war nur angelehnt, ich stieß sie mit einem Schwung auf wie ein Großer. Dann stürmte ich hinein. In der Erinnerung sehe ich jene Dame noch klar vor mir, wie sie in einem typischen Innenhof der Kasba steht, halb gebeugt über ein Waschbassin neben dem Brunnen. Sie wandte sich, überrascht von meinem Eindringen, um, blieb aber freundlich:

»Was willst du hier?«, fragte sie ganz ruhig.

Unbeirrt streckte ich ihr meine Hand mit den vielen kleinen Münzen entgegen, die meinen Schatz darstellten.

Ich weiß nicht mehr, was ich murmelte, doch ich blieb bei meiner Geste. Das Lächeln der Dame wandelte sich, jetzt erschien sie höchst amüsiert.

Doch ich ließ von meinem Plan nicht ab, stand weiter mit gestrecktem Arm vor ihr. Sie würde es schon noch verstehen. Trotz der vielleicht etwas frühen Stunde würde sie mich wohl oder übel als einen Kunden betrachten müssen!

»Wie alt bist du?«, fragte sie zunächst, immer noch mit einem Lächeln auf den Lippen, aber ich sah es nicht mehr: Mich überfiel die Angst, dass sie mich auf die Straße zurückschicken könnte!

»Ich bin fünfzehn!«, antwortete ich entschlossen.

Sie begann mich zu necken, die Frage schien ihr zumindest Vergnügen zu bereiten: »Bist du nicht eher elf?«

Ich hielt ihr verzweifelt meine Münzen hin.

»Ich weiß, ich weiß, du hast bestimmt genügend Geld!«

Ihre Hände lagen immer noch im Waschwasser, ganz prosaisch brachte sie ihre Arbeit zu Ende. Ich erinnere mich noch an die Fliesen in dem Innenhof, sie waren backsteinrot, einige Kacheln zeigten Risse, es gab in einem Winkel noch einen zweiten Wasserhahn.

Sie trocknete sich dann die Hände mit einer Geste ab, die mir unvergesslich geblieben ist: Sie drehte und wendete ihre Finger in der Luft in einer Art Ballett im Sonnenlicht. Die fallenden Wassertropfen glitzerten plötzlich in Garben zwischen uns. Sie begann fast mütterlich zu lachen.

»Na gut«, sagte sie sachlich und doch sanft. »Wenn du genügend Geld hast und wirklich fünfzehn bist, dann gehen wir jetzt, Kleiner, na los!«

Ich folgte ihr in ein Zimmer voller Schatten, Schatten und Kühle, meine Augen waren noch von der Sonne draußen geblendet. Sie sprach halb abgewandt und in leichtfertigem Ton: »Leg auf die Kommode, was du mitgebracht hast!«

Die Dame zählte nicht nach. Ich bin sicher, es war ihr plötzlich egal. Sie wusste, sie würde einen Jungen von dreizehn oder fünfzehn in die Liebe einführen, was spielte Geld da für eine Rolle. Sie klärte mich an diesem sonnigen Morgen in ihrem kleinen »unanständigen Haus« auf.

Ja, sie führte mich in die Liebe ein, vielleicht zu schnell, aber voll Güte, wie mir scheint.

Ich machte mich rasch aus dem Staub, meine beiden Kameraden warteten am kleinen Platz beim Markt auf mich. Ich hatte keine Lust, ihnen irgendetwas zu erzählen. Ich nehme an, es war gleichzeitig zu banal, zu einfach und zu verworren, ja, ineinander verschlungen.

Heute scheint mir (vielleicht wegen dieser einfachen Frau, die ihre Finger im Sonnenlicht des Hofs trocknete, bevor sie mich in ihrem Zimmer empfing), dass ich mir in dieser körperlichen Begegnung ein wenig von meiner Unschuld bewahrt habe. Vielleicht auf Grund der Treue zu dieser Initiatorin aus der Kasba, die ich ihr auf meine Weise hielt, da ich noch kurze Hosen trug, und wegen ihres Lächelns, ja, wegen ihres gütigen Lächelns, wie ich es bezeichnen würde.

4

Ich schreite in meiner Erzählung von den Jahren des Übergangs vor und zurück. Wohin führte er eigentlich, wozu wandelte ich mich? Wer war ich bis dahin gewesen? Mit dreizehn, dreizehneinhalb hatte ich genügend Mut aufgebracht, zu dieser »Dame« zu gehen, von der ich nicht einmal den Vornamen kannte. Sie weihte mich vorsichtig ein, sodass ich danach schweigsam ihr Haus verließ – ich glaube, tief drinnen trug ich Traurigkeit und ein Geheimnis.

Die Zeit verging. Die Demonstrationen vom Dezember 60 brachen aus und brachten mir eine weitere Initiation, diesmal in die kollektive Gewalt, die ich durchlebte wie einen düsteren Rausch, nicht wie die andere, geheime Einführung in die Liebe: der Blick, die Hände und die Haut der Frau, ganz nah, dicht bei mir.

Was bleibt dagegen von der Aufwallung der Menge und ihrer Wut, wenn sie einmal vorbei ist, außer Gesichtern, die sich mit der Zeit verlieren, außer Masken? …

Was bleibt mir von diesen ersten Erfahrungen? Ich war kein Kind mehr und noch kein richtiger junger Mann. Eher ein tastend suchender Schatten, zuweilen bewegte ich mich in der Gruppe, zu der ich mich zugehörig fühlte, zuweilen ganz allein, wenn ich mich der Seite einer unbekannten Frau näherte und davon in meinem noch ungeübten Körper ein großes Durcheinander zurückblieb.

Ja, was bleibt mir von jenen ersten Schritten, die ich fast in Blindheit tat? All das kommt plötzlich zu Tage, der Deich bricht, du wirst mitgerissen, oder du fliegst selbst davon! Wenn ein Jugendlicher jedoch eher eine Krise durchlebt als einen Übergang, so vollzog sich der Bruch bei mir innerhalb weniger Monate, ab Dezember 61.

Diesmal begannen die nationalistischen Demonstrationen nicht spontan. Zwei oder drei Wochen zuvor hatte die wiedererstarkte FLN über die Stimme von *Radio Kairo* oder *Sou't el Arab* (Stimme der Araber), die jeden Abend in jedem Haus gehört wurde, uns dazu gedrängt, am Jahrestag der Toten vom Dezember 60 zu gedenken.

Wir in der Kasba bereiteten uns gründlicher darauf vor als irgendein anderer Teil des Landes. Viele Tage vor dem Ereignis malte ich mir schon aus, wie ich als Held, als Anführer oder, bescheidener, als Demonstrant in der vordersten Reihe ginge und dann mit leeren Händen und nackter Brust direkt vor den Soldaten fiele (als wollte ich nach meinem Tod im muslimischen Märtyrerparadies meinen Ruhm auskosten!).

Diese nahe Gelegenheit zur Entladung der Gefühle erwartete ich mit romantischem Eifer, schließlich war es auch eine Möglichkeit, den Trott bei der Arbeit in der Druckerei erträglich zu machen. (Da es mir plötzlich kindisch erschien, hatte ich aufgehört, den Analphabeten des Viertels meine Comichefte zu verkaufen.)

Würde der 11. Dezember erneut zu einem großen

Tag für mich werden? Das Gegenteil war der Fall, obwohl er meine Verhaftung brachte, der allerdings die Aura fehlte, mit der ich sie umgeben hatte. Ich wurde fast zufällig verhaftet, schuld waren meine Eile und – erst jetzt erkenne ich es – meine Dummheit, vielleicht sogar meine Eitelkeit eines kleinen frühreifen Machos! Im Übrigen scheint mir, dass ich damals meinen Bruder Alaoua kaum noch sah, offenbar mied er die Wohnung unserer Familie. Er hatte sich wohl wieder dem Untergrund angeschlossen, der im Laufe des Jahres 61 erneut aufgebaut wurde.

So völlig auf mich selbst gestellt, setzte ich die Aufforderungen aus dem Radio *Sou't el Arab,* »Gedenkt der Toten des 11. Dezember!«, buchstabengetreu um. Ich sehe, wie ich unser Haus verließ, ich trug eine Fahne gefaltet unter meiner Jacke, das war die einzige Vorsichtsmaßnahme.

»Du musst der Erste sein, der die anderen zusammenruft!«, nahm ich mir vor, »aber weit weg von zu Hause, damit die Soldaten nicht kommen und wenigstens die Frauen verschont bleiben!«

Überhaupt hatte sich bisher keine der Mütter oder der jungen Mädchen aus unserem Haus mit dem vibrierenden Chor der Youyous bemerkbar gemacht, noch herrschte Stille auf den Terrassen.

Ich bin an diesem Morgen einer der Ersten auf der Staouéli-Straße. Ich hole meine Fahne heraus und beginne, auf die Leute an den Tischen der Cafés einzupredigen:

»Kommt, steht auf! Wir dürfen die Märtyrer vom letzten Dezember nicht vergessen!«

Ich setze meine Appelle mit Parolen für die Unabhängigkeit fort. Fünf, zehn Minuten geht das so, doch reagiert keiner auf mich. Die sitzenden Cafégäste schauen mich eher unbewegt an. Ich will sie gerade beschimpfen, als mir mit einer Wendung des Kopfes alles klar wird: Nur ein paar Meter hinter mir wartet schon eine Patrouille französischer Soldaten darauf, mir die Handschellen anzulegen!

Ich lasse die Fahne – wenig rühmlich – in den Rinnstein fallen und ergreife die Flucht. Das Gewirr unserer Gassen ist mir vertraut: Ich biege um eine Ecke, um eine zweite, da ist das alte Haus, fast dem unsrigen benachbart, von dem ich weiß, dass es einen Hinterausgang hat, der in die Parallelstraße mündet. Ich renne hinein, im Innenhof sitzen Frauen um den niedrigen Tisch. »Ach, Berkane!«, grüßt mich eine von ihnen freudig.

Ich sehe die Treppe, die zur Terrasse führt. Ich renne sie hinauf. Die Soldaten sind mit großem Getöse eingedrungen, aber mir bleibt noch Zeit, bis sie alle Zimmer durchsucht haben, ich kenne mich aus.

Ich bin schon droben unter dem weiten Himmel, fast frei. Von einer Ecke der Terrasse setze ich zum Sprung an, auf eine andere Terrasse jenseits der Straße. Doch ein riesiger Schäferhund – er ist mir auf der Treppe gefolgt – erreicht mich noch, haut seine Zähne in mein rechtes Handgelenk und lässt nicht mehr los, zwingt mich stattdessen zu einer Drehung, in dieser Bewegung braucht einer der keuchenden Soldaten nur die Handschellen zuschnappen zu lassen, während er den Hund losmacht.

»Na, kleiner Kerl«, spottet der Franzose fast gutmütig, »schau dir mal an, wie breit die Straße ist, wir haben dir das Leben gerettet!«

Es war die Wahrheit! … Selbst wenn mir der Sprung geglückt wäre, sie hätten nur von einer Terrasse zur nächsten auf mich schießen müssen.

»Wir nehmen ihn mit!«, schreit ein zweiter Soldat denen zu, die im Innenhof die Frauen in Schach halten – diese würden, das wusste ich, sofort meiner Mutter Bescheid sagen.

»Deinen Sohn haben die Paras mitgenommen«, das berichteten sie ihr tatsächlich wenig später, »er ist nicht weit von hier, bei den Harkis in der Straße vom Berg Thabor!«

Denn seit dem Ende der »Schlacht um Algier« waren die Harkis dort untergebracht, in einem Gebäude, das bald als übles Folterzentrum bekannt wurde. Die Harkis waren zumeist von den Franzosen Zwangsverpflichtete aus den ländlichen Gebieten Algeriens. Sie verhielten sich, als hätten sie alte Rechnungen zu begleichen – im Wesentlichen mussten sie Verletzungen ihrer Ehre rächen, die ihnen angeblich von den Bewohnern der Kasba zugefügt worden waren.

Ich erinnere mich an die Stimme von einem ihrer Anführer, während sie mich mit Faustschlägen und Tritten zu den Kellern zerrten, die bereits mit Verhafteten gefüllt waren. Mir bleibt vor allem der kehlige Akzent dieses einen im Gedächtnis, der, natürlich auf Arabisch, ständig wiederholte:

»Und ausgerechnet du Hurensohn willst Frankreich aus dem Land jagen!«

Sein Ärger darüber schien noch stärker als seine Verachtung für meine Jugend. Seinen gewichtigen Ton höre ich noch heute, der mir damals einen übertriebenen Respekt vor Frankreich ausdrückte, so wie er dieses Wort aussprach: »*França … França!*«

Wegen dieses Worts erhielt ich im Dunkeln die doppelte Ration Schläge, wegen dieses von einem Lakaien voller Bewunderung ausgesprochenen und skandierten Worts: »*França!*«

Ich kauerte mich in der Dunkelheit zwischen die übrigen Häftlinge.

Warten, in dauernder Finsternis: ein Tag, eine Nacht. Ich wechselte ein paar abgerissene Sätze mit meinen Leidensgenossen: Sie wussten nichts. Der Geruch nach Kot und Urin … Am Ende muss ich eingeschlafen sein, verärgert vor allem über das »Fest«, das draußen veranstaltet würde, doch ohne mich!

In den frühen Morgenstunden kamen Paras, um mich zu holen. Ich stieg, von ihnen eingerahmt, nach oben.

»Den nehmen wir mit!« Unter strenger Bewachung lief ich die gestuften Gassen bergan. Der Weg führte in die Richtung der Orléans-Kaserne hinter dem großen Gefängnis.

Das Viertel scheint ruhig!, dachte ich bei mir. Ich litt darunter, nicht zu wissen, wie der Gedenktag verlaufen war. Wir gingen noch weitere zehn Minuten, leuchtende Kinderaugen tauchten auf, Nachbarn im Hauseingang, dann verschwanden sie wieder. Ich war beruhigt: Meine Mutter würde eine Stimme an der Tür vernehmen, die flüsterte: »Dein Sohn ist am Leben!«

In der Orléans-Kaserne führt man mich in ein Keller-verlies, wo das Gedränge noch größer ist. Unmöglich, unter der Masse der Häftlinge einen Einzelnen zu erkennen. Wieder der Geruch nach Exkrementen, aber hier gibt es wenigstens Tonnen vor der Tür. Gefangen-schaft bedeutet an diesem Ort die reglose Passivität der Körper; fast kein Laut ist zu hören. Höchstens leises Murmeln oder ab und zu ein Stöhnen. Die Nacht er-scheint als ein endloser Korridor. Dann setzt die Musik ein; auch Schreie sind zu hören, sehr laut und sehr fern.

»Klassische Musik«, seufzt einer in meiner Nähe, ich kann ihn nicht erkennen.

»Damit wir die Schreie der Gefolterten nicht hören«, erklärt eine matte Stimme dicht neben mir.

»Aber wir hören sie trotzdem«, flüstert ein Dritter.

Reich der Schatten. Wozu diese Zeit des Morasts wieder durchleben, im Tunnel der Stunden, im Gestank, eine riesige Höhle, wo alles Nacht ist, aus der die Häftlinge wankend herausgeführt und in die sie als reglose, röchelnde Bündel wieder zurückgebracht werden? Erneut werden wir von einem Schwall Musik überflutet.

»Klassische Musik«, wiederholt dieselbe Stimme in meiner Nähe, jetzt klingt sie gebrochen.

»Französische Musik«, verbessert ihn ein anderer. Dann hat der Erste im Dunkeln nach meiner Hand gegriffen und mich seinen Mund befühlen lassen: Die Vorderzähne fehlen, ich spüre getrocknetes Blut ...

Reich der Schatten: Zwei Tage, drei Tage, endlich komme ich an die Reihe! Sie haben, immer noch im Finstern, meinen Namen ausgesprochen. Ich bin erleichtert, das Warten war mir unerträglich geworden.

Ich muss zwei oder drei Verhöre durchstehen, aber ich könnte nicht sagen, wie viele Stunden dabei jedes Mal verstreichen. Leugnen, alles leugnen. »Die Fahne? ... Eben von der Straße aufgelesen, jemand hatte sie liegen lassen ... Ich wollte sie gerade auf den Müll werfen!«

Ich sei weggerannt. »Nein, ich wollte nicht fliehen, ich hatte nur Angst vor dem Hund!« Ich hätte springen wollen. »Ja, natürlich. Der riesige Hund immer hinter mir, da bin ich durchgedreht ... Mein Vater verhaftet? ... Keine Ahnung, warum, ist bestimmt ein Versehen! ... Mein Bruder? ... Der ist nie zu Hause! Aber er wurde freigelassen, da sehen Sie, alles ein Irrtum!«

Trotz der Schläge und unter Androhung der Folter wollte ich, gegen alle Logik, den Idioten spielen, da ich mich an jenem Tag wie ein Idiot verhalten hatte! Sich auf etwas versteifen und sich nicht davon abbringen lassen!

Ich weiß nichts. Ich bin nur ein kleiner Schriftsetzerlehrling. Ich bin vernünftig, wirklich vernünftig, denn meine Mutter und meine Schwestern brauchen meinen Verdienst! Das Verhör dauert zwei oder drei Stunden. Vor lauter Schlägen spüre ich mein Gesicht nicht mehr, es ist angeschwollen; meine Rippen, mein Schädel tun mir weh. Aber ich kann noch mehr einstecken; schließlich hatte ich eine harte Erziehung, danke Alaoua, lieber Bruder!

Es ist Krieg: Diese Söldner tun nur ihre Arbeit. Ich lasse es über mich ergehen. Nur nicht nachdenken.

Während der ganzen Zeit ist mir bewusst, dass dies nur das Vorspiel ist. Alles Weitere wird noch kommen: die Angst, natürlich, Stromschläge, mein nackter Körper auf »der Bank«, Wasser, bis mir der Bauch platzt, bald wird auch die »klassische« Musik beginnen, hat mir ein Leidensgenosse gesagt, schreien, nicht hören, dass man schreit, das würde bald anfangen: der vergnügliche Teil, für sie!

Eine weitere Initiation: Stein-Körper, Mauer-Körper, Sumpf- und Moor-Körper, der Körper ein Block, der standhält, der stumme, stumpfe Körper, der sich nicht zerteilen lässt, er hält durch, selbst wenn sie sich abmühen … Nicht denken. Sie tun nur ihre Arbeit! Und deine heißt standhalten! Diese Zeit musst du durchstehen …

Vielleicht würde ich es nicht überleben, vielleicht würde ich aus dieser Finsternis nie mehr emporsteigen, die Frau in ihrem Zimmer der Schatten, wie zärtlich sie war … Und die Kasba! *El Djazaïr* … Meinem Vater hatten sie einen Zahn nach dem anderen herausgerissen: Er sagte nicht aus. Sie folterten seinen Sohn Alaoua vor seinen Augen: Er hat nichts verraten! Ich wusste nichts. Sie begannen mit der Initiation in den Schmerz, in das Hautabziehen, das Ersticken …

Was soll ich von den drei oder vier Verhören berichten? Es war leicht, die gleiche unwahrscheinliche und unglaubhafte Aussage immer zu wiederholen, aber danach, unter der Folter, da hast du keine Stimme zum Reden mehr, nur noch zum Schreien, zum Brüllen, dann gibt es eine Schwelle, hinter der du nicht einmal deinen Schrei mehr hörst. Du siehst ihn, und zwar im Gesicht derer, die sich abmühen (denn die Arbeit des Folterers ist langwierig und anstrengend): Du siehst deinen Schrei, das Geräusch deines Schmerzes, die einstimmige, eintönige Musik deines Geheuls, du siehst das alles in den Augen und dem Grinsen derer, die deine Haut bearbeiten, dabei manchmal in deinen Eiter, dein Erbrochenes fassen!

Es waren also drei oder vier Verhöre, zeitlose Strecken, die sich hinziehen oder starr stehen, vielleicht wegen dieser sehr lauten Musik, Beethoven oder Wagner, sage ich mir heute, damals, ungebildet wie ich war, kannte ich höchstens den Lautenklang meiner Mutter und ein wenig Gitarrenmusik. Aus diesem ganzen Tumult der Geräusche habe ich mir nur eine Einzelheit gemerkt, sie tauchte ab und zu während der vergangenen dreißig Jahre wieder auf, in denen ich nicht wirklich schrieb. Vor allem nicht von der Folter, denn was nützt es, die Folter aus der Sicht des Gefolterten zu beschreiben? Besser wäre es aus der Sicht des Folterers, des Armen, der sich abmüht, der schwitzt, der sich etwas einfallen lassen muss … Aber aus der Sicht des Gefolterten? Kurz nach dem Krieg haben meine Landsleute oft die Quälereien geschildert, denen sie unterworfen wurden, sie protestierten dagegen, wollten offenbar die Gemüter aufrütteln …

Doch was hat es bewirkt? Als ob Folter nicht zur guten Kriegsführung dazugehörte: In der Kasba können wir ein Lied davon singen! Das war schon immer so, seit den Brüdern Barberousse und all den anderen Seeräubern. Es gibt einen Zeugen, ein großer Spanier hat zuerst über mein Viertel geschrieben: Cervantes!

Für uns in der Kasba stellt sich bei der Folter nur ein Problem: Es gibt die einen, die dichthalten, und die anderen, die nicht dichthalten. Zwei Kategorien: Helden (manchmal echte Schweine, aber doch Helden) und Nicht-Helden. Nein, nicht einmal das ist wahr! Häufig denkst du – natürlich gibt es Ausnahmen –, sie haben einfach Glück gehabt. Und Mut, aber auf mehr kommt es nicht an!

Ich bin der Sohn eines *Chaouia*, und bei den *Chaouia* aus dem Aurèsgebirge ist »Mut« noch mehr als bei den anderen Berberstämmen eine Form des Starrsinns! Im Krieg ist das nützlich, da ist es ein Vorzug! Aber im übrigen, normalen Leben ist Starrsinn nicht immer lustig, damit kommt man häufig nicht weit!

Ich schreibe hier meine Gedanken auf, so wie sie mir durch den Kopf gingen, als ich aus der Hölle der Orléans-Kaserne entkam. Sicher, ich hatte der Folter standgehalten, aber, ehrlich gesagt, mit meinen sechzehn Jahren hätte ich ihnen schließlich keine Staatsgeheimnisse verraten können, oder? Ich wusste gar nichts, ich wollte demonstrieren, nicht mehr, und zwar gegen *França*, wie der Harki es genannt hatte.

Aus diesem Gang durch den rein körperlichen Schmerz habe ich mir seltsamerweise eine gänzlich visuelle Einzelheit gemerkt, mich drängt es, sie zu beschreiben, da sie bezeichnend ist für meinen kleinen Kreuzweg.

Es ist bei der ersten »harten« Sitzung, die sie mir angedeihen lassen, als die Henker (muss ich sie jetzt wirklich so nennen, nachdem sie bis dahin nur Soldaten waren?) angesichts meiner wenig glaubhaften Aussagen dazu übergehen, eine sehr niedrige Bank aufzustellen, außerdem hantieren sie mit metallenen Gegenständen. Obwohl mir alles wehtut, nach den Schlägen und den Tritten, kann ich nicht umhin, ihnen aus reiner Neugier zuzusehen: Jetzt befinde ich mich also in der Höhle des Löwen.

Sie legen mich nackt auf diese Bank. Der Befrager, der das Verhör führt, steht an meiner Seite, plötzlich kommt er mir riesengroß vor. Zwei seiner Gesellen beginnen, mit Bleistangen auf meine Rippen zu schlagen, ich versuche, mich mit den Händen zu schützen, ein wenig zu drehen, vergebens … Bei dieser genauen

Schilderung des Ereignisses geht es mir vor allem um den vierten Henker: Er steht hinter mir und hält seine zusammengelegten Hände direkt über meinen Kopf, als bereitete er eine Opferung für mich vor. Wie eine Statue steht er so da. Warum nur? Mir kommt die völlig abwegige Idee, dass er mit seinen immer noch dicht über meinem Kopf zusammengelegten Händen sich darauf vorbereitet zu beten, aber warum und für wen? Es interessiert mich so sehr, während ich den harten Schlägen auf meine Rippen ausgesetzt bin, dass mein Denken nur von diesem Priester erfüllt ist. Das Verhör dauert nicht lange. Kaum werden die Schläge auf meinen nackten Oberkörper unerträglich, schreie ich: Da öffnen sich die Hände des vierten (geheimnisvollen) Mannes, um mir in den brüllend geöffneten Mund einen langen Faden feinen Sands rieseln zu lassen, an dem ich fast ersticke.

Ein Moment des Grauens! Als ob der sehr feine Sand überall in meinen Körper eindringe. Ich schreie, die Augen treten mir geradezu aus den Höhlen. Die Männer schlagen weiter auf mich ein: Je mehr ich schreie und je mehr der Sand überall eindringt, desto schlimmer spüre ich ihn in meiner Nase. Während ich nach Luft ringe, hageln die Schläge noch schneller auf mich nieder. Ich weiß nicht, wie ich mich entwinden soll. Ich habe das Gefühl, meine Gedärme auszuspucken!

Einen Moment steht alles still. Der Befrager fängt wieder an: »Redest du jetzt? Sagst du, wer dir die Fahne gegeben hat, wer …?«

Ich hole wieder Atem, bleibe bei meiner Darstellung. Die Sitzung geht weiter, die beiden schlagen auf meinen Oberkörper wie auf ein Tamburin, der andere über mir lässt den Sand rieseln, und das ist beileibe kein Met, ich kämpfe mit dem Ersticken, das seltsame Empfindungen auslöst, während ich immer weiter schreie und diesen Sand-Met trinke ohne Unterlass …

Es dauerte und dauerte. Ermüdete am Ende der zuerst, der zu Beginn zu beten schien? Vielleicht. Jedenfalls bleibt mir seine Rolle eines stummen Statisten, der jedoch stets seinen Sand wie einen goldenen Faden an eine dürstende Kehle abgab, als ein Zeremoniell der stillen, raffinierten Grausamkeit im Gedächtnis haften. Die »chinesische Tortur«, sagte ich mir halb bewusstlos, als er endlich aufhörte.

Die folgenden Jahrzehnte hindurch war dies das einzige Bild, sozusagen von der »Opferung des feinen Sandes«, das wieder auftauchte und sich in meinem Gedächtnis umtrieb nach einer fast unwirklichen Choreografie. Es ging so weit, dass ich mich eines Tages still hinsetzte, um dieses Quartett zu zeichnen: zwei halb nackte Sklaven, die auf einen an den Boden Geketteten einschlagen, ein Dritter an dessen Seite, der ihn verhört – wie im Mittelalter –, und, die wichtigste Person, eine schwarz gekleidete, riesengroße geheimnisvolle Gestalt mit zum Gefäß zusammengelegten Händen lässt feinen gelben Sand in den weit geöffneten Mund des Gemarterten rinnen.

Diese Szene zeichnete ich für Marise rasch bei einer

Theaterprobe, während sie sich einen Moment ausruhte. Als könnte die Foltervision zu einem Stück werden, zu einem sinnlosen Spiel von erwachsenen Kindern, oder in einem Tanztheater den Anlass zu musikalischer Unterhaltung geben.

»Was ist das denn für ein Bild?«, fragte Marise gespannt.

»Ach nichts«, erwiderte ich. »Ich denke mir … ein Divertimento aus. Mit einem einzigen Tänzer, der den Sand trinkt und ihn im Tanz wieder ausspuckt …«

»Und der Text dazu?«, fragte Marise weiter.

»Der Gefolterte schreit nur, anfallsweise, aber man könnte sich Musik dazu vorstellen: sehr kurze, abgehackte Perkussion, während er geschlagen wird. Darauf folgt eine Rascheln, nämlich das Fließen des Sands, der herunterrinnt, ich habe noch nicht herausgefunden, welches dafür das geeignete Instrument wäre …«

Meine Freundin betrachtete mich sprachlos, sie fragte sich wohl unsicher, was ich ihr damit sagen wollte. Vielleicht macht man es so mit den Schlafwandlern, die tastend etwas suchen, dachte sie.

»Ich denke mir das nur aus, um mir die Zeit zu vertreiben!«, gab ich vor, damit sie schnell wieder an die Arbeit ginge und ich mich wieder meinen Gespenstern überlassen konnte.

Ich wollte Marise nicht erzählen, woher diese Szene rührte: Wie hätte ich auf meine Freundin gewirkt, die immerhin Französin war, wenn ich ihr hätte erklären müssen, dass diese Folter keineswegs chinesisch, sondern echt französisch war? Wir verstanden uns in jener Zeit so gut, Marise und ich! Ich hätte ihr sicher Leid getan, mit diesen Prüfungen aus meiner Jugend, und ich bin nicht sicher, ob mir das gefallen hätte.

5

Das erste Lager, in das ich ein oder zwei Wochen später verlegt wurde, befand sich nicht weit von Algier entfernt: Im »Lager von Beni Messous«, wie es genannt wurde, war ich einer von über siebenhundert Häftlingen; es diente als Sammel- und Verteilstation für alle Inhaftierten, die in Algier verhört worden waren, aber nicht vor Gericht gestellt wurden.

In Beni Messous war der junge Mann, zu dem ich mich entwickelte, mit ungefähr zweihundert bis zweihundertfünfzig anderen zusammen in einem Schlafraum untergebracht. Die Einrichtung in jeder dieser Baracken war dürftig, aber im Vergleich zu meinen vorhergegangenen »Unterkünften« erschien sie nachgerade komfortabel. Wir schliefen nicht auf dem Boden, sondern auf Brettern – eine Reihe direkt über dem Boden, eine zweite eine Etage darüber –, das zog sich den ganzen Raum entlang, sodass zu beiden Seiten fünfzig Männer Kopf an Füßen liegen konnten. Hervorragend!

Jeder Häftling bekam eine Decke, er konnte wählen, ob er sich darauf legen oder damit zudecken wollte.

Echter Luxus, dachte ich, es gab endlich Klos, draußen, in der Nähe der Tür, und einen Brunnen. Nach der Ausgangssperre um sechs Uhr durfte man nicht mehr hinaus in den Hof. Er war von Wachtürmen beleuchtet.

Ich brauchte nicht lange, um mich in das Leben in dieser Gemeinschaft einzufinden und mich ihrem Tagesablauf anzupassen: sehr früh am Morgen der Appell, danach der Kaffee, der in einem vollen Kanister gebracht wurde. Die Häftlinge konnten sich frei auf dem Hof bewegen, mittags erhielt jeder seine karge Nahrung, desgleichen am Abend. Lediglich die Trikolore, die in der Mitte des Hofs flatterte, wurde mit großer Zeremonie um fünf Uhr heruntergeholt.

Ich schaute mir alles an und entdeckte einiges. Etwa, dass jeden Tag Neulinge ankamen. Nach den Formalitäten, denen jeder bei der Aufnahme unterzogen wurde, warteten wir auf sie, um zu erfahren, wo jeder herkam, ob er durch die Verhöre übel zugerichtet war oder ob er lieber keine Auskunft gab.

Wenn die Neuankömmlinge dann bei uns eintrafen, fiel mir auf, dass eine Zeichensprache benutzt wurde, die wohl auch bei mir zur Anwendung kam. Zwei altgedienten Insassen der Baracke oblag es, den Ankömmling zu begrüßen: Bei seinem Eintreten fiel kein Wort, einer fuhr nur mit den Fingern über seine Lippen. Es handelte sich um die Frage: »Wer bist du?«

Alle warteten gespannt, was er antworten würde. Entweder rieb er sich augenfällig die Stirn – wir übersetzten: »Ich bin von der FLN« –, oder aber er strich lange über sein Kinn, als trüge er einen Bart. Alle hatten verstanden: Er gehörte zur MNA, der mit der FLN rivalisierenden nationalistischen Strömung, deren Anführer Messali bärtig war.

Ich hatte mir über die Stirn gestrichen. Als ich noch sehr jung war, vor der Schlacht um Algier, bereits in den ersten Jahren des Krieges, hatte ich erfahren, wie blindwütig die Abrechnungen zwischen den rivalisierenden Gruppen in unserem Viertel ausgetragen wurden. Am Ende hatte die FLN, wie in der gesamten Hauptstadt, gesiegt.

In meiner Baracke hatte nur ein einziger Häftling die Zugehörigkeit zur MNA angegeben. Die Reaktion darauf war ganz einfach: Keiner redete mit ihm. Er blieb also stumm, schien aber ruhig, keineswegs angespannt, er stand ganz einfach für sich. Ich beobachtete ihn häufig, er hieß Murad, mehr wusste ich nicht über ihn. Wie stellt er es an, das durchzuhalten?, fragte ich mich.

Bis zu dem Tag, als ich und drei andere Häftlinge mit Kartoffelschälen an der Reihe waren, so war das üblich. Einer von ihnen war Murad. Nun hatte ich also die Gelegenheit, diesen Vertreter jener nationalistischen Gruppe kennen zu lernen, die meine gesamte Umgebung in der Kasba als »Abtrünnige« beschuldigt hatte.

Bis dahin hatte ich noch nicht erfahren, dass ihr Anführer Messali in den Zwanzigerjahren ein Vorkämpfer gewesen war, der historische Gründer »unserer« nationalen Bewegung. Es hätte mir auch keiner die Gründe für die Spaltungen erklären können, die zwischen kleinen und großen »Anführern« nach 1945 eingetreten waren … Es gab nur eine einfache Wahrheit: Der Aufstand am 1. November 1954 war von der FLN ausgegangen. Alle, die sich ihrem Aufruf nicht hatten anschließen wollen, wie etwa die MNA, waren »Verräter«!

Ohne dass ich es wollte, übte das Schweigen – und was ich seine Würde nennen möchte – dieses Murad eine große Faszination auf mich aus. Wie kann einer – so dachte ich in meiner Naivität – so gelassen bleiben, wenn er den ganzen Tag einer Meute von Häftlingen, wie wir es sind, ausgesetzt ist? Er scheint ganz allein in seinem eigenen Gefängnis zu leben, das sich mitten in dem unsrigen befindet! Ich beobachtete ihn zu verschiedenen Tageszeiten: Er schien fast glücklich in seiner Einsamkeit! Und jetzt saß ich mit meinem Messer ihm direkt gegenüber und schälte Kartoffeln, mit zwei anderen, die kaum älter waren als ich. Beim Arbeiten hatte ich ihn immer im Blick. Er erledigte seine Aufgabe mit geistesabwesender, aber ruhiger Miene. Plötzlich platzte ich los und griff ihn offen an:

»Du bist von der MNA, nicht wahr?«

Er schaute mich an, lächelte, nickte mit dem Kopf, ohne ein Wort. Seine Seelenruhe machte mich rasend. Ich stellte ihn, meine Hand mit dem Messer in die Höhe gereckt, zur Rede: »Wie kannst du Messali, diesem Verräter, folgen?«

Er betrachtete mich mit einem Lächeln in den Mundwinkeln; in ruhigem Ton ließ er sich zu der Antwort herab: »Das sagst du! Die Zukunft allein wird über

Messali richten!« (Auf Arabisch heißt es genauer: »wird die Wahrheit enthüllen!«)

»Die Zukunft! *El moustaqbal!*«, wiederholte ich in beiden Sprachen.

Da ich in keiner der Sprachen auf das Argument mit der Zukunft etwas zu sagen wusste, steigerte sich meine Wut noch weiter. Ich richtete mich auf, wandte mich an die anderen um Unterstützung.

Dann stürzte ich mich auf Murad, der sich nicht wehrte, alles mit sich geschehen ließ, ich hatte schließlich das Messer immer noch in der Hand! Ich hielt den Mann am Boden, sein Gesicht dicht vor dem meinen, hockte ich über ihm. Die beiden anderen standen mir zur Seite.

Murad blieb passiv, machte keinen Mucks. Ich knurrte ihn an, ein Knie auf seiner Brust: »Sag jetzt: Messali ist ein Verräter!«

Ich wiederholte meine Forderung, wurde dabei richtig hitzig. Die beiden anderen hielten ihn ebenfalls fest. Ich legte ihm die Schneide meines Messers an den Hals: Seine Augen blieben offen, sein Blick auf mich war ruhig, kalt … Ich fühlte wilde Wut und Ohnmacht:

»Sag es jetzt: Messali ist …«

Nach so langer Zeit weiß ich nicht einmal mehr, was meine Wut so angestachelt hat, vielleicht nur die Faszination seiner Ruhe. Wie lange würde er durchhalten? Ich glaube, ich war sogar bereit, ihn ein bisschen zu verletzen, nur bis zwei, drei Tropfen Blut flossen, die ihm seinen Tod vor Augen bringen würden.

Plötzlich warf mich jemand von hinten um, schlug zu, das Messer flog durch die Luft. Jetzt wurde ich selbst zu Boden gedrückt, von einem Häftling, der das gleiche Alter wie mein Opfer hatte und Brahim hieß. Er war einer der Chefs der Baracke. Murad richtete sich halb wieder auf. Brahim musterte mich zornig. Mit leiser Stimme schalt er mich aus; dann gab er mir eine Tracht Prügel.

»Idiot, Dummkopf!«, schimpfte er.

Schließlich drehte er sich um und entschuldigte sich bei Murad, der jetzt aufgestanden war: »Du musst uns verzeihen. Das ist die zweite Generation, die haben politisch keine Ahnung!«

Murad ging in seiner unerschütterlichen Art davon. An mich und die beiden anderen gewandt, sagte Brahim nur:

»Dass ihr es wisst, Murad ist ein Patriot! Er ist als der Einzige von seiner Partei bei uns. Na und?«

Dann erläuterte er im glühenden Ton eines Pädagogen, wobei er mich am Kragen packte: »Du brauchst dir nur die eine Frage zu stellen, Junge: Wenn du an seiner Stelle wärst, in einem Gefängnis mit lauter Häftlingen von der MNA, hättest du die Kraft, du ganz allein, mit einem Messer an der Kehle, standzuhalten?«

Er ließ mich los, schaute mich betrübt an, sein Zorn war plötzlich verraucht, und fügte in fast väterlichem Ton hinzu: »Vergiss das niemals! Versetze dich immer an die Stelle des anderen! Dreh immer die Situation um, bevor du jemand richtest oder bevor du entscheidest!«

Dann kehrte er mir abrupt den Rücken zu.

Auf diese Weise erhielt ich meine erste politische Lektion. Es war jedenfalls die einzige, die mich dazu brachte, nie mehr als jugendlicher Rüpel zu handeln wie an jenem Tag …

6

In dem »Lager von Beni Messous« ereignete sich auch die »Episode mit dem Gruß der französischen Flagge«. Es handelte sich um ein patriotisches Ritual, das die französischen Militärs in diesem Gefangenenlager zweimal am Tag vollführten. Etwa zehn Soldaten und Unteroffiziere traten am Morgen zum »Hissen der Trikolore« und abends um fünf zum »Einholen der Trikolore« an. Mir fallen diese geheiligten Formulierungen ganz spontan wieder ein.

Morgens beim Hissen der Flagge – nach einem langen Trompetensignal – befinden wir Häftlinge uns noch im Innern der Baracke: Schlange stehen vor den Klos, vor dem einzigen Wasserhahn, an dem man sich Gesicht und Hände waschen kann, Kaffee aus dem Kanister und so fort. Zuvor noch der namentliche Appell – es hätte ja jemand ausbrechen können, trotz des Stacheldrahts, der Wachtürme, der Hunde …

Abends um fünf, sobald die Trompete wieder erklang, war es ratsam, sich nicht mehr von der Stelle zu rühren. Wir mussten der Fahne nicht salutieren, wenn wir ihr den Rücken zuwandten, aber wir sollten wenigstens stehen bleiben, nur keine Provokation! Das empfahlen uns die älteren Insassen.

Nach dieser stillschweigenden Vereinbarung lief die Zeremonie während meines gesamten Aufenthalts fast unverändert ab. Bis auf den einen Tag – ich weiß nicht, wie das kam, vielleicht auf Veranlassung eines neuen führenden Offiziers? Vielleicht waren da neuerdings auch Häftlinge, die, kaum dass sie die Trompete hörten, wegrannten oder sich allzu offensichtlich auf den Boden setzten?

Jedenfalls ließ der Lagerkommandant eines Morgens eine neue Vorschrift verkünden: An diesem Tag sollten beim Einholen der Flagge ausnahmslos alle Häftlinge, je nach Baracke im Kreis oder Rechteck, antreten und »mit größtem Respekt«, genau wie die Soldaten, mit der Hand an der Stirn salutieren, bis die Fahne heruntergeholt und der Befehl »Rührt euch!« ergangen wäre! Also das volle Programm.

Ich erinnere mich daran, es war Mitte Januar 62. Zum dritten Mal standen wir kurz vor Verhandlungen zwischen Vertretern der französischen Regierung und der FLN. Der Krieg ging bereits ins siebte Jahr. Doch unabhängig davon blieben jedem der siebenhundertfünfzig algerischen Häftlinge ein paar Stunden, um zu entscheiden, ob er bei dieser Zeremonie – ich erinnere mich, einer sagte »bei dieser Provokation« – mitmachen würde.

Den ganzen Morgen über raunten in den Baracken die verschiedensten Debatten. Nachdem Brahim mir die erste politische Lektion erteilt hatte, folgte ich ihm auf den Fersen überallhin. Jetzt mischte er sich nicht ein, er hörte nur zu. »Ich entscheide mich zuletzt!«, sagte er zu mir, da er bemerkte, dass ich ihm wie einem Ersatzvater folgte oder wie dem älteren Bruder, den ich mir gewünscht hätte. Ich spürte jedoch, für ihn war schon alles entschieden.

»Weißt du«, erklärte er mir, »sie sollen nach ihrem Gewissen handeln! Dieser französische Offizier weiß genau, dass es fünf vor zwölf ist. Das sind Scheingefechte!«

Noch nie seit jenem Tag, für den ich mich jetzt schämte, war Brahim mit mir so gesprächig gewesen. Jeder aus unserer Baracke trug etwas zur Diskussion bei.

Einer sagte (und mir wurde sofort berichtet, dass er während seines Verhörs übel zugerichtet worden war, aber nichts verraten hatte): »Das alles nochmal durchmachen, nur wegen eines Stofffetzens? Ohne mich!«

Ein anderer warf der kleinen Gruppe Neuankömmlinge vor, sie hätten es übertrieben mit dem Wegrennen jeden Abend, beim Einholen der Trikolore. Für den Schluss seiner kleinen Rede in entrüstetem Ton wechselte er übrigens ins Französische:

»Wir müssen sie verstehen«, erläuterte er. »Sie spüren, dass sie den Krieg verloren haben! Das ist normal, jetzt liegt es an uns, die Form zu wahren!«

»Sie dahin bringen, wo wir sie haben wollen«, lachte einer, aber voller Hohn.

Die Diskussionen gingen immer weiter. Es war klar, das Ende des Kriegs war nahe. Viele der Häftlinge träumten schon von der Rückkehr zu ihren Familien. Dann war der Moment der endgültigen Entscheidung gekommen, die Gefangenen verteilten sich auf dem Hof.

Nur einer blieb drinnen, Brahim, er saß wie gewöhnlich an seinem Platz und schwieg. Ich lief zu ihm hin:

»Geh du mit den anderen hinaus«, sagte er sanft.

Ich starrte ihn fragend an.

Nach einer Pause fügte er in bestimmtem Ton hinzu: »Ich rühre mich nicht von hier! Das habe ich gleich heute Morgen beschlossen! Sollen sie mit mir machen, was sie wollen!«

Ihn streifte der Schatten eines Lächelns.

»Du geh hinaus, sag ich dir, geh wie die anderen! Dieses Mal ist es nicht wichtig!«

Und gleich darauf, während ich ihm den Rücken zuwandte, um den anderen zu folgen, hörte ich ihn noch sagen:

»Weißt du, mein Kleiner, für mich wäre es eine Demütigung!«

Mein Herz klopfte stark, da er mich spontan auf Französisch »mein Kleiner« genannt hatte. Ich drehte mich um und sah, wie er es sich auf seinem Sitz bequem machte, seine Miene war jetzt verschlossen.

Ich ging nicht hinaus wie die anderen, ich gesellte mich nicht zu ihnen, um der französischen Flagge zu salutieren. Ich wollte bei Brahim bleiben. Doch war ich mir nicht sicher, ob er mich überhaupt bei sich haben wollte.

Andererseits war ich wirklich neugierig zu sehen, was draußen geschah. Ich setzte mich also auf die Schwelle der Baracke, die Füße nach draußen, als wollte ich nachgeben und mich an der patriotischen Zeremonie beteiligen. Wenn ich mich zu Brahim hindrehte und in der Baracke blieb, machte ich gleichzeitig, so sagte ich mir, halb – ja, leider nur halb – gemeinsame Sache mit ihm.

Am Schluss ist meine Neugier größer.

Einige Minuten vor fünf, gleich wird die Trompete in der Stille der beginnenden winterlichen Abenddämmerung erklingen. Was sehe ich also da draußen? Mindestens siebenhundert Häftlinge, eine Armee von Zerlumpten, stehen alle, nicht stramm, nein, nicht ordentlich ausgerichtet, eher unordentlich, und der Leib will nicht so recht, aber sie stehen! Alle stehen! Alle außer Brahim, der ganz für sich ist, die »Demütigung« nicht hinnehmen will, wie er sagt, sie werden ihn bald herausholen, mit Fußtritten oder mit dem Gewehr am Anschlag herbeizerren!

Schon sehe ich die Reihe der Militärs steif wie Zinnsoldaten zur Mitte des Hofs und zu der berühmten Fahne marschieren. Der Trompeter steht schon dort: Fast ungeduldig hält er sein Instrument. Ein Unteroffizier beginnt zwischen den Reihen der Brüder durchzugehen, denn wir nannten uns alle Brüder in jenem Lager, »*ya khou*«. Der kleine Soldat erfüllt mit Übereifer seine

Pflicht: Er schaut im Inneren der Baracken nach … Um Brahim mache ich mir Sorgen, mich selbst habe ich ganz vergessen. Eine kalte Leidenschaft macht mich bewegungsunfähig.

Es ist der 20. oder 21. Januar 62, fast sechs Monate vor der Unabhängigkeit, aber diese entscheidende Wende kann noch niemand sicher vorhersagen. Jedoch ist in beiden Lagern, bei den Häftlingen und bei den Soldaten, deutlich spürbar, dass sie am Ende sind: das Land ausgeblutet, die Politiker erschöpft und von allen Seiten angegriffen, und die Toten wird keiner wieder zum Leben erwecken.

Das sage ich jetzt, da ich mich so genau an diese Szene in der Dämmerung erinnere, mit siebenhundert Gefangenen, die die Schnauze voll haben.

»Drei Minuten, eine Flagge wird runtergeholt, was ist das schon, eben drei Minuten, oder? …« Schließlich würde bei anderen Gelegenheiten noch die Marseillaise hinzukommen – das Lied, denke ich, in dem einmal nicht wir die Kehlen durchschneiden! Mit der Hymne der französischen Revolution hätte das Ganze länger gedauert. Doch jetzt sind es nur drei Minuten! In der letzten Etappe eines Krieges kann man einmal drei Minuten lang Heldentum und Unbeugsamkeit vergessen.

Brahim hatte mir gegenüber ohne Schärfe gesagt: »Für mich wäre es eine Demütigung!« Für Brahim allein.

Wie meine eigene Lösung beurteilen, die nicht Fisch und nicht Fleisch ist?

Klar, mich beherrscht die Neugier des Jugendlichen mit immer wachem Auge: Was geschieht als Nächstes? Das ist also die Jugend: noch keine Logik, keine festgefahrenen Prinzipien, keine lang zu begründenden Überlegungen. Nur ein stets waches Auge, voller Erwartung ... Immer zum Sprung bereit, als würde ein Schauspiel gegeben! Was geschieht als Nächstes?

Ich sitze halb auf der Schwelle der Baracke, die Beine draußen, doch manchmal schaue ich mich nach Brahim um. Er ist ein regloser Block. Ich schaue zu. Ich warte ab, bin erregt, aber abwartend.

Das ist also die Jugend – keine Entscheidungen, noch kein klarer Weg mit einem bedingungslosen Engagement, noch nicht, nur für einen kurzen Moment etwas dazwischen.

In der nächsten Viertelstunde geschieht das Unerwartete.

Ein eifriger Unteroffizier geht prüfend zwischen den Reihen der gefügigen Häftlinge hin und her: Zunächst hat er dem Trompeter Zeichen gegeben, noch ein wenig zu warten. In seiner Nähe stehen mindestens sechs, sieben Soldaten um den Mast herum, sie müssen sich ebenfalls gedulden.

Allgemeines Abwarten. Der Unteroffizier, der auf diese Weise die »drei Minuten« aufschiebt, scheint damit seinen Landsleuten ausdrücken zu wollen: Es geschieht nicht alle Tage, dass man siebenhundert Eingeborene zu seiner Verfügung hat, die endlich gehorsam, fügsam und zu einem regulären Gruß bereit sind – die mit der Hand an der Stirn zusehen, wie unsere Fahne sich langsam herabsenkt … Kein schlechter Sieg!

Schließlich, das muss ich mir freilich von meinem Platz ausmalen, denn der Unteroffizier ist weit entfernt, auf der anderen Seite, schließlich bleibt er stehen, befiehlt einem von uns: »Die Haltung gerade!«, einem anderen: »Bring deine Jacke in Ordnung!« Noch ein paar Details, damit alle Statisten perfekt ins Bild passen!

Ich sitze weiterhin da, mit betrübtem Herzen, und denke mir mit zusammengebissenen Zähnen: Brahim hat Recht, wenn man einmal nachgibt, und sei es nur der Form halber, kennen diese Herren kein Pardon, sie versuchen dich auszuziehen bis auf die Unterhose!

Plötzlich geht der Spieß auf einen Häftling in meinem Blickfeld zu, doch ich sehe nur seine Silhouette. Ich erkenne ihn nicht, er gehört nicht zu meiner Baracke.

Der Franzose ist zu ihm hingegangen, hat ihn angeschrien »Grüß die Fahne!« und hat ihm mit dem Kolben seiner Waffe einen harten Schlag auf die Schulter gegeben.

Jetzt wird der Häftling widerspenstig; anfangs war er wohl bereit gewesen, sich mit den anderen einzureihen. Aber deren Fahne zu grüßen, niemals! Der Franzose schlägt ihn weiter mit dem Kolben zwei, drei Mal auf den Arm. Der Mann schwankt, taumelt, aber fällt nicht hin; richtet sich wieder gerade.

Und salutiert nicht.

Der Unteroffizier schlägt ihn erneut, plötzlich höre ich ihn brüllen: »Schrei wenigstens! Das tut doch weh.«

Ins Wanken geraten, schüttelt der Mann dennoch den Kopf.

Ich bin aufgestanden und ein paar Schritte näher hingegangen, um besser sehen und hören zu können. Alle stehen den beiden zugewandt, dem einen, der geschlagen wird, und dem anderen, der zuschlägt.

»Ich befehle dir zu schreien!«, brüllt der Soldat, seine Stimme kippt um.

Der unter den Schlägen wankende Algerier schweigt weiter. Wir sind von der Steigerung dieser Szene wie gefangen genommen: Der Franzose brüllt völlig außer sich und prügelt mit dem Kolben jetzt unaufhörlich auf den anderen ein. Der Arm des Mannes bricht; ich höre das Raunen der ihn umstehenden Kameraden.

»Schrei doch! Das tut weh! Verdammt, er soll schreien!«

Wir sehen es deutlich, bei dem Häftling hängt der Arm jetzt völlig verdreht herab: Gleich wird er umfallen, aber er gibt keinen Laut von sich.

Ich bin noch näher hingegangen, ohne es selbst zu merken. In den Reihen, die nun in meiner Nähe sind, entsteht Bewegung unter den Männern, die das alles mit ansehen: Einer will hinzuspringen, ein anderer hält ihn zurück …

Plötzlich erscheinen zwei weitere Unteroffiziere, treten zu ihrem Kollegen, nehmen ihm die Waffe ab und führen ihn weg. Der Häftling sackt in die Knie. Andere Soldaten kommen herzu, zwei tragen eine Art Bahre. Sie bücken sich zu unserem Bruder, der zu Boden gegangen ist.

»Auf in die Krankenstation!«, sagt einer der Soldaten, von dem tobsüchtigen Unteroffizier ist nichts mehr zu sehen.

Das Eingreifen der anderen Unteroffiziere hat eine Meuterei verhindert. Siebenhundert von uns waren zum Einholen der Flagge angetreten. Zehn Soldaten, nur zehn bewaffnete Soldaten befanden sich unter uns. Nur wenige weitere Minuten dieses Zweikampfs, dieser Hysterie mit »Schrei doch, du sollst schreien!« hätten genügt, um bei einigen Häftlingen, die sich bis dahin nicht gerührt hatten, einen Aufruhr auszulösen.

Während ich zu Brahim zurückging, wiederholte ich bei mir:

»Sie sind nur zehn mit ihren Waffen gegen siebenhundert Häftlinge, die wussten, es ist wirklich zum letzten Mal, deshalb haben sie sich bereit gefunden, die französische Flagge zu grüßen.«

Am folgenden Tag entfiel die Vorschrift des Flaggengrußes.

Kurz darauf beschlossen sie, mich mit zwei anderen Jugendlichen, die ungefähr so alt waren wie ich, ebenfalls minderjährig, in ein anderes Lager zu verlegen. Es hieß »Marschallscamp«, das erfuhren wir, während wir schon im Lastwagen über die Straßen der Kabylei fuhren.

Ich habe mich von Brahim nicht verabschieden können, dachte ich. Ich habe Murad nicht wieder gesehen,
den Anhänger Messalis, nicht einmal von weitem. Aber
vor allem von dem Mann, der nicht schreien wollte,
kenne ich nur die Silhouette, nur seine Auflehnung: War
sein Widerstand noch entschlossener als der von Brahim?

Erst lange Zeit später habe ich in diesem Häftling,
der geschlagen wurde, mein ganzes Volk erkannt, das
all die langen Jahre nicht geklagt hatte. Ich komme
nicht umhin, mich zu fragen: Wird nun nach meiner
Rückkehr dieses Martyrium wieder anfangen, die
Tobsuchtsanfälle, der Wahnsinn, das Schweigen? Bin
ich etwa zurückgekehrt, um wie damals nur zum Zuschauer zu werden; um zuzuschauen und hin und her
gerissen zu sein?

III

Das Verschwinden

September 1993

Was für eine Heimat habe ich? Wo ist meine Erde?
Wo ist sie, die Erde, auf die ich mich niederlegen
könnte? In Algerien bin ich eine Fremde,
und ich träume von Frankreich; in Frankreich
bin ich noch fremder, und ich träume von Algier.
Ist die Heimat der Ort, wo man nicht ist?
Mathilde in »Rückkehr in die Wüste« von
Bernard-Marie Koltès

Homeless at home.
Emily Dickinson

Driss

Während des dreitägigen Aufenthalts von Marise in Algier besuchte Driss sie jeden Abend bei ihrer Freundin, wo sie wohnte. Sie redeten lange Stunden, manchmal unterbrochen von Tränen und Gefühlsausbrüchen über Berkanes Verschwinden auf einer Straße der Kabylei.

Acht Tage, es war genau acht Tage her. Berkanes Auto war im Graben neben einer abgelegenen Straße in den Bergen auf halber Höhe gefunden worden; es lag umgestürzt auf dem Dach. Kein Gepäck, keine Papiere; nicht der kleinste Anhaltspunkt. Ein paar Büsche im Umkreis waren niedergetreten, sonst nichts. Ein Hirte hatte die Gendarmerie von Tadmait benachrichtigt, einer kleinen Ortschaft, die bis zur Unabhängigkeit Marschallscamp hieß.

Nachdem Driss von der Polizei in Dellys verständigt worden war, denn diese hatte eine Untersuchung des Falles eingeleitet, war er eilig zu der kleinen Hafenstadt gefahren. Noch am selben Abend hatte er Marise, die er schon lange kannte, von dort aus angerufen:

»Ich habe meinen Bruder noch getroffen, ein paar

Tage bevor er sich zu dieser Reise entschloss. Er wollte den zweiten Ort seiner Gefangenschaft aus dem Jahr 62 noch einmal sehen. Ich warnte ihn. Er entgegnete mir, er würde ohne Pause bis Dellys fahren – eine ruhige kleine Stadt. Dort fängt die Kabylei erst an, außerdem sprechen die Bewohner noch arabisch … «

Driss träumte einen Moment, er erinnerte sich: »Berkane hatte mir versprochen, falls er Tadmait besuche, würde er nur einen kurzen Abstecher machen. ›Für ein paar Fotos von der Gegend, ich möchte vor allem mit den alten Leuten sprechen, die sich vielleicht noch an unser Gefangenenlager erinnern!‹, sagte er mir. Ich habe ihn gebeten, mich jeden Abend anzurufen, daran hat er sich vier Tage hintereinander gehalten. Am fünften war ich ganz ruhig, an dem Tag sollte er zurückkommen!«

Die Verbindung mit Paris war unterbrochen worden. Marise hatte aus Driss' Stimme Besorgnis und Verlassenheit herausgehört. Sie fühlte sich mit ihm verbunden, als gehörte er zu ihrer Familie, denn sie kannte ihn schon, seit er mit zwanzig zum ersten Mal nach Paris gekommen war. Danach war er bei jedem seiner Besuche zwei-, dreimal hintereinander in die Aufführungen gegangen, wenn Marise gerade Theater spielte …

Obwohl Marise nur fünf Jahre älter war, spürte sie Driss gegenüber fast eine mütterliche Zärtlichkeit.

Am nächsten Tag telefonierte sie wieder mit ihm. Als sie erfuhr, dass die Suche nichts ergeben hatte, kündigte sie an, sie würde am folgenden Sonntag eintreffen: »Ich habe eine englische Freundin, die bei der Botschaft in

Algier beschäftigt ist. Gerade eben habe ich sie angerufen. Sie will unbedingt, dass ich bei ihr wohne.«

»Ich hole Sie am Flughafen ab«, versprach Driss, der die Freundin seines Bruders immer noch siezte.

Sobald er es erfahren hatte, war Driss also geradewegs nach Dellys gefahren.

Bei der Polizei hatte ihn der Kommissar empfangen. Bisher war noch nichts an die Öffentlichkeit gedrungen. Es waren Fingerabdrücke und die wenigen Spuren im Umkreis des Wagens gesichert worden. Man wartete auf die Familienangehörigen; Berkane wurde als »durchreisender Emigrant« geführt. War er also wirklich verschwunden? Man hatte seinen Wagen bereits nach Dellys überführt, es musste nicht viel repariert werden: Vorne waren die Außenspiegel beschädigt, wahrscheinlich von dem Sturz. Blieb noch die Anhörung: Wie sah es mit dem psychischen Gleichgewicht von Berkane aus?

Eine untersetzte Persönlichkeit in Zivil um die fünfzig wohnte dem Gespräch von Anfang an bei. Driss erkannte, dass der Mann wohl der Vertreter des Militärgeheimdienstes für die Region war, was sie hier »den Dienst« nannten.

Der gewichtige Herr brachte sein Bedauern in konventionellen und blumigen arabischen Formulierungen zum Ausdruck. Fast schon Beileidsbekundungen, dachte Driss, plötzlich angespannt. Der Herr nahm seinen Platz wieder ein und sagte, er würde die Untersuchung persönlich mitverfolgen.

Driss erläuterte, warum Berkane zurückgekehrt war.

Er habe beschlossen, in der Heimat ganz zurückgezogen in einem kleinen Dorf am Meer zu leben. Er war Junggeselle geblieben, konnte im Familienbesitz wohnen, bezog ein kleines Einkommen aus seinem Vorruhestand in Frankreich und schrieb.

»Er schrieb?«, fragte der Kommissar mit einem misstrauischen Seitenblick nach.

»Er schrieb an einem Roman ...«

Eine Spannung hing im Raum. Wenn Driss nach Scherzen zu Mute gewesen wäre, hätte er mit einem leisen Lächeln hinzugefügt: Aber keinen Krimi, Herr Kommissar!

Genau diesen Moment wählte der Beobachter »vom Dienst«, um sich zu erheben. Er war plötzlich in Eile, hielt sich auch offenbar für zu bedeutend, um noch mehr Zeit mit dem Fall eines Niemand zu verbringen. Das Gespräch wurde ganz selbstverständlich auf Französisch fortgesetzt. Der Kommissar hatte wohl seine Abschlussprüfung in den letzten Jahren der Kolonialzeit oder direkt danach abgelegt. Ganz offensichtlich fühlt sich dieser brave Beamte in der Sprache Voltaires wohler, dachte Driss, und ihm fiel eine Bemerkung Berkanes aus einem ihrer Gespräche wieder ein: »Beim Niederschreiben meiner Jugenderinnerungen ist das Französische für mich zur Sprache des Gedächtnisses geworden ...«

Auch die Polizei arbeitete mit dem Gedächtnis!

Driss verbrachte die Nacht im einzigen, ein wenig heruntergekommenen Hotel, es schien noch aus den

Zwanziger- oder Dreißigerjahren zu stammen. Er ging den Simca begutachten, den sein Bruder zuletzt gefahren hatte. Berkane hatte ihn als Gebrauchtwagen in Marseille erstanden, nur von dem einen ungeduldigen Wunsch beseelt, wie Driss sich erinnerte: nach Hause zu kommen, auf dem Seeweg, um das weite, majestätische Panorama zu genießen, das sich jedem bei der Ankunft in der Morgendämmerung bietet.

»Ich stand auf der Brücke, ohne mich zu rühren, und habe diese dargebotene Schönheit in mich aufgenommen ... meine Stadt der Stürme!« Driss hörte wieder Berkanes Stimme, bei der immer noch die Überwältigung mitschwang, als er den prosaischen Vorwurf seines Bruders beantwortete:

»Du hast nicht mal daran gedacht, wie jeder zurückkehrende Emigrant wenigstens ein neues Auto mitzubringen!«

In Dellys unterschrieb Driss alle Papiere, die ihm vorgelegt wurden, hinterließ seine Adresse, die Telefonnummer bei der Zeitung und machte sich wieder auf den Weg, es war gegen elf Uhr vormittags. Aber kaum hatte er das Städtchen verlassen, ließ ihn das Bedauern nicht los, ein möglicherweise wichtiges Detail nicht berichtet zu haben – er war von diesem Detail bereits in der Nacht wie von Gewissensbissen geweckt worden.

Er empfing, wie zwei seiner Kollegen, seit ein paar Wochen mit der Post an seine Privatadresse den »Todesbrief«: Er bestand aus einem weißen Stück Baumwollstoff, ein wenig Sand in einem Tütchen und einem vierfach gefalteten Stück Papier, auf dem nur ein Wort in Arabisch stand: »Abtrünniger«.

Als der erste dieser Briefe ankam, hatte Driss den Zeitungsdirektor darauf angesprochen, der ihm nur nüchtern zur Antwort gab: »Mit dir sind wir jetzt also drei bei dieser Zeitung, die von der Hisbollah zum Tod verurteilt sind!«

Erst da hatte Driss über den Sinn dieser makabren Symbole nachgedacht: Der weiße Stoff kündigte das Leichentuch an, der Sand die Erde des Grabs, denn jeder Muslim ruht im weißen Leichentuch in seinem Grab, ohne Sarg direkt in der Erde.

Die drei hatten vereinbart, vorerst nicht die Polizei oder die Armee zu verständigen; und auch mit den anderen Kollegen nicht darüber zu reden. Sie sprachen sich untereinander regelmäßig über die minimalen Sicherheitsvorkehrungen ab: häufige Wohnungswechsel, das Haus zu unterschiedlichen Zeiten verlassen und, wenn möglich, nicht immer im gleichen Wagen!

»Im Augenblick versuchen sie uns einzuschüchtern, damit wir den Ton unserer Artikel ändern«, setzte der Direktor ungerührt hinzu.

Während des Gesprächs mit der Polizei in Dellys hatte Driss sich gefragt, ob Berkane, da er denselben Namen trug, nicht Opfer einer Verwechslung geworden war. Doch er hatte gezögert, seine Befürchtung auszusprechen, hatte sich dann an seine Vereinbarung mit den beiden Kollegen erinnert und geschwiegen.

Als er im Auto möglichst schnell nach Algier zurückzugelangen suchte, beschloss er, die Sache weiter geheim zu halten, sich aber in diesem Punkt mit seinem Chef abzusprechen, der bestimmt noch stärker bedroht war als er selbst. Er dachte auch an Marise, die am nächsten Morgen eintreffen würde. Ihr würde er alles erzählen, nahm er sich vor.

Was die Familie betraf, insbesondere seinen ältesten Bruder, der in einer Botschaft fern im Ausland arbeitete, so würde er im Moment noch nichts weitergeben. Von seinen beiden Schwestern hatte die eine, da sie die Ermordung von Präsident Boudiaf wohl voraussahnte, ihre französische Firma um eine Versetzung nach Frankreich gebeten. Die zweite, mehr gefühlsbetonte Schwester würde bestimmt weinen und ihn mit ihrer Angst quälen, schließlich war er der Jüngste der Geschwister. Er beschloss, sie zu verschonen, er würde sie all dem nicht unnötig aussetzen, sie hatte außerdem eine Familie zu versorgen.

Driss fühlte sich durch Berkanes Verschwinden stärker betroffen als von den nur undeutlichen Gefahren, die seine eigene Person zu bedrohen schienen. Doch der Ton seiner Artikel, die er namentlich unterschrieb, musste ihn seinen Lesern als einen scharfen Pamphletisten erscheinen lassen. Der Direktor hatte ihn gebeten, seine Kommentare etwas seltener einzurücken.

In jener Nacht wachte er mehrmals auf und setzte sich zum Schreiben hin … Er schrieb über seinen Freund

Tahar Djaout, der drei Monate zuvor ermordet worden und der ihm bei seinen Anfängen im Beruf ein Mentor gewesen war.

2

Marise scherte aus der Schlange der Reisenden aus, ging auf Driss zu und umarmte ihn herzlich. Der Journalist war wie stets tief von ihr beeindruckt, er hatte sie drei Jahre lang nicht gesehen: Immer noch so schön! Diese großen Augen, diese Grazie; vielleicht ein wenig reifer geworden!

Sie fasste seinen Arm und drückte ihn. »Nichts Neues?«, fragte sie gespannt.

Driss schüttelte den Kopf. Er ging ihr voraus zum Parkplatz, wo er seinen Wagen abgestellt hatte. Erst nachdem sie neben ihm Platz genommen, er den Wagen gestartet hatte und sie bereits auf der Autobahn fuhren, senkte sie sich plötzlich den Kopf und weinte in lautlosen Schluchzern.

Wie in dem Moment, als der Herr »vom Dienst« ihm fast sein Beileid ausgesprochen hatte, überkam Driss angesichts des bitterlichen Weinens von Marise das rein körperliche Gefühl (wie wenn eine allmählich aufkeimende Gewissheit einem vor den Augen ein riesiges Tuch zerreißt), dass sein Bruder, den er liebte und bewunderte, nicht zurückkehren würde ... Hatte sich Berkane in Luft aufgelöst, oder lag er schon tot irgendwo in einer Grube? Er hörte sich selbst, wie er zu Marise, die sich schnäuzte, fast in barschem Ton sagte: »Bisher ist noch nicht alles verloren, wie ich glaube … Wenn ›sie‹ zugeschlagen und ihn getötet hätten, würden sie sich wie üblich in einem Flugblatt oder einem Brief zu der Tat bekennen!«

Sie sprachen nicht mehr, bis sie zu dem altehrwürdigen – und bewachten – Haus im Wohnviertel El Biar kamen, wo Marise' Freundin wohnte. Driss begrüßte Ellin, blieb aber nur ein paar Minuten. Er versprach Marise, sie am nächsten Morgen anzurufen.

»Die Abende können wir zusammen verbringen, wenn Sie möchten, Marise«, schlug er vor.

»Auf diese Weise können Sie mich auf dem Laufenden halten«, murmelte sie mit einem unglücklichen Lächeln.

Noch am gleichen Nachmittag fuhr er nach Douaouda. Er besaß einen Zweitschlüssel zu der Wohnung seines Bruders. Bei ihrem letzten Gespräch hatte Berkane ihm leichthin gesagt:

»Hinten in dem großen Wandschrank in meinem Schlafzimmer habe ich eine kleine, blau angestrichene Kommode abgestellt, die früher von Mutter benutzt wurde, wenn wir die Ferien hier verbrachten.«

Berkane hatte plötzlich betrübt innegehalten. Dann sprach er weiter: »In den Schubladen habe ich alles untergebracht, was ich seit meiner Rückkehr geschrieben habe … Es ist das einzig Wertvolle, was ich besitze«, schloss er, dem jüngeren Bruder den Rücken zukehrend.

Dieser hörte, wie Berkane leise lachte und, sich plötzlich umwendend, hinzufügte: »Ich vertraue dir diese Papiere an … Wenn mir etwas passiert, bist du mein Testamentsvollstrecker, das ist klar!«

Dabei richtete Berkane seinen dunklen Blick auf Driss: Er war ernst und sanft zugleich, so erinnerte sich der Journalist, während er sich dem Dorf näherte.

»Ich werde daran denken«, hatte er geantwortet und nach einer Pause noch bemerkt: »Du bist aber heute wirklich nicht lustig!«

»Unsinn! Es ist nur eine Formalität!«

Berkane hatte den Bruder mit einer Handbewegung beruhigt und dann vorgeschlagen, schwimmen zu gehen. Driss machte mit, dabei war um diese Zeit die Septembersonne eher kalt. Sie hatten anschließend gebackenen Fisch zu Mittag gegessen, der Freund Rachid hatte sich ihnen angeschlossen.

Ein wenig außer Atem betrat Driss Berkanes Wohnung, er hatte es eilig. Er füllte einen geräumigen Koffer mit den vielen Heften – und einigen alten Büchern –, die er im Möbel ihrer verstorbenen Mutter fand. Er schaute nur kurz auf die Fotografien, die Berkane gegenüber seinem Bett einfach an die Wand gepinnt hatte. Dann kehrte er der Wohnung den Rücken. Als wollte ich Berkanes Geruch fliehen, der noch in dem Raum hängt!, dachte er verwirrt. Er machte sich sofort wieder auf den Weg.

Während er zurückfuhr, musste er sich bemühen, eine aufkommende Panik zu unterdrücken. Er zwang sich, ganz ruhig nachzudenken, wo die Unterlagen seines Bruders in Sicherheit wären. Bei mir zu Hause müssten diese Unterlagen gut versteckt werden, sagte er sich. Dort wären sie überhaupt nicht sicher! Ich muss mir etwas überlegen, bevor ich Marise wieder treffe!

3

Er verbrachte zwei Abende mit Berkanes Freundin, die in Begleitung eines Führers tagsüber die Familien einiger Kollegen besuchte, die in Frankreich als Emigranten lebten.

»Das Leben hier ist offenbar schwierig geworden, auch für Leute, die eigentlich zur wohlhabenden Schicht gehören. Ich habe der Mutter unserer Garderobiere Medikamente und dem Bruder eines jungen Schauspielers Bücher gebracht … (Sie lächelte.) Es war schön, über ihren Alltag zu reden. Man spürt ihre Sorge, aber trotzdem bleiben sie so warmherzig!«

Sie verstummte. Ellin hatte Driss in ihr riesiges schattiges Wohnzimmer geführt und sich gleich entschuldigt, sie müsse zu einem Empfang, »berufliche Verpflichtungen«, hatte sie geseufzt.

Driss erkannte, dass sie dies aus Feingefühl vorschob.

Als sie allein waren, legte Driss Marise zwei Pakete hin, die alle Papiere von Berkane enthielten.

»›Das ist mein wertvollster Besitz‹, hat mir mein Bruder gesagt, als ich zum letzten Mal dort ein Wochenende mit ihm verbrachte!«

Driss zögerte und bekannte dann rasch: »Im Augenblick wechsle ich recht häufig meine Unterkunft, wie alle meine Kollegen bei der Zeitung, nur als Vorsichtsmaßnahme!«

Er lächelte unsicher, fügte dann hinzu, während er der Schauspielerin das kleinere Paket hinschob: »Dies enthält alles, was Berkane geschrieben hat und aufbewahren wollte … Er hat es selbst geordnet. Im ersten Paket, das ist ganz einfach, und deshalb habe ich es extra verpackt, sind Briefe. Auf den Umschlägen steht überall Ihr Vorname, Marise … (Driss beugte sich vor und reichte Marise das Paket.) Ich fand sie verschlossen und mit Ihrer Adresse beschriftet, es fehlte nur die Briefmarke.«

Marise schaute das halb geöffnete Paket an, und plötzlich überkam sie ein Gefühl der Panik: War es wirklich nötig, dass das Schicksal ihr all die langen Briefe auf diesem Weg zukommen ließ, als wenn der Journalist ihr eine letzte Botschaft überbrachte? Sie richtete ihre großen Augen auf ihn, die feucht waren von aufsteigenden Tränen.

Driss erschrak, stand auf und ging zum Balkon, der die Bucht überblickte. Er zündete sich eine Zigarette an, um sein Gleichgewicht wieder zu finden. Schweigend kam Marise zu ihm herüber und legte ihm die Hand auf die Schulter, sagte dann, ohne ihn anzusehen:

»Für uns beide ist es hart, Driss! Verzeihen Sie, ich

muss erkennen, dass ich leider umsonst hergekommen bin!«

»O nein«, rief er aus, »ich bin so dankbar, dass Sie hier sind, ganz im Gegenteil! Im Übrigen … (Während sie zurückkehrten, um ihre Plätze wieder einzunehmen, trat leise ein Junge mit einem Silbertablett ein: Getränke und heißer Kaffee.) … Nein, dass Sie da sind, gibt mir Kraft. Ich habe bisher weder meine Schwestern benachrichtigt noch … Wissen Sie, ich nehme an, dass mein älterer Bruder und Berkane schon lange nicht mehr miteinander sprechen. Dennoch werde ich ihm Bescheid sagen müssen!«

Sie bemühten sich schließlich, von ganz anderen Dingen zu reden: von der Situation, die nicht nur durch die Gewalt der Islamisten gefährlich war, viele Menschen verschwanden auch nach Verhören durch die so genannten Sicherheitskräfte.

»Ich spüre, wie die Angst um sich greift, vor allem bei den einfachen Familien, leider auf beiden Seiten der Kluft.«

»Es muss sehr schwierig sein, unter diesen Umständen als Journalist zu arbeiten«, bemerkte Marise.

Kurz bevor er ging, erläuterte Driss, dass sich in dem immer noch verschnürten Paket ein Manuskript und ein weiteres Schulheft befänden.

»Sie werden es sehen, mein Bruder hat auf die erste Seite des Hefts einfach ›Tagebuch‹ geschrieben. Ich glaube, er hat fast Tag für Tag etwas eingetragen. Aber ich habe nur die ersten Seiten durchgeblättert!«

»Ich werde es bestimmt nicht lesen«, widersprach Marise.

»Verfahren Sie damit, wie Sie wollen. Sie würden mir aber einen Gefallen tun, diese ganzen Papiere, auch wenn sie sehr persönlich sind, für meinen Bruder in Ihrer Wohnung in Paris aufzubewahren.«

Sie schnitt die Schnur durch, holte ein Schulheft, dann ein zweites orangefarbenes mit Berkanes Namen auf dem Schild heraus. Doch sie schlug sie nicht auf.

»Im anderen Umschlag«, fuhr Driss leise fort, »befindet sich ein Manuskript … Ob es vollständig ist oder nicht, keine Ahnung. Sie werden sehen, es trägt den Titel ›Jugendjahre‹. Mein Bruder hat ›Roman‹ daruntergetippt. Dann hat er die Bezeichnung durchgestrichen und von Hand das Wort ›Erzählung‹ dazugeschrieben. Ich glaube, die Fortsetzung hat er wohl bei sich gehabt …«

Noch immer über Marise geneigt, rief Driss aus: »Nur um diesen Text fertig zu schreiben, hat er sich der Gefahr ausgesetzt!«

Dann forderte er sie sanft dazu auf, sie solle, wenn sie in Paris sei, diese »Jugendjahre« lesen, auch wenn sie unvollendet seien. Beim Gehen wiederholte er noch einmal: »Die ›Jugendjahre‹, die sollten sie wirklich lesen, um zu wissen, was wir damit anfangen sollen, im Falle …«

Er beendete den Satz nicht, er schnippte nur nervös mit dem Finger, als Zeichen des Protests oder der Ohnmacht.

Marise

Einen Tag später, es war ein Oktobermorgen im Jahr
93, begab sich Marise in Begleitung von Ellin zum Flughafen.

»Ach, weißt du«, sagte sie zu der Freundin, »jetzt
kehre ich wieder zum Nebel und zum tief hängenden
Winterhimmel von Paris zurück, diese Lichtfülle wird
mir fehlen.« Sie deutete aus dem Fenster des Autos, das
ziemlich schnell fuhr. »Aber die Stadt erscheint mir
nicht weiß, eher düster und undurchschaubar. Ellin, ich
habe Angst!«

Die Freundin beschwichtigte sie mit einem zärtlichen
Händedruck:

»Man darf die Hoffnung nicht aufgeben! Sei zu-
versichtlich. Du bist immer stark gewesen, wenn es
schwierig wurde, das weiß ich gewiss!«

Im Flugzeug gab Marise der Versuchung nach, die
drei langen Briefe zu öffnen, die Berkane ihr geschrieben hatte.

Sie überflog den ersten. Es bewegte sie, mit eigenen
Augen in Berkanes großer Handschrift, ja, schwarz auf
weiß von dem Begehren nach ihr – nach ihrem Körper,

ihrer ganzen Person – zu lesen, das ihn beherrschte. Wie er, fern von Paris, ein Gespräch mit ihr führte, in jenem Dorf, das sie nicht einmal besucht hatte, ihr ganz nah ins Ohr sprach, ganz nah an ihrem nackten Körper … Berkanes Liebe. Tatsächlich war sie es gewesen, die ihn gedrängt hatte, wegzugehen und in sein Heimatland zurückzukehren …

Sie weinte nicht. Aber in Roissy setzte sie beim Verlassen des Flugzeugs ihre Sonnenbrille auf.

Sie wusste, Thomas, ein Theaterkritiker von einer gewissen Bekanntheit, der ihr seit ein paar Monaten diskret den Hof machte, hatte sich bei Ellin nach der Ankunftszeit ihres Fluges erkundigt, unter dem Vorwand, er wolle sie »überraschen«. Bei der Gepäckausgabe in der Halle des Flughafens war er es also, der sie empfing, mit einem Kuss auf die Wange.

»Ich habe mir Sorgen um Sie gemacht!«, sagte er, während er ihre Hand nahm.

Sie ließ es zu, dass Thomas sich in den nächsten Tagen um sie kümmerte, sie tröstete. Sie akzeptierte wohl seine Gesellschaft, da sie es schätzte, wenigstens jemand zu haben, mit dem sie über Berkane sprechen konnte.

Sie lehnte nacheinander zwei ziemlich wichtige Rollen ab, denn sie wollte auf der Bühne weinen, sich gehen lassen und mithilfe eines Textes – egal welchem – Berkane beweinen, sein Algerien und seine Rückkehr, die zu seinem Verschwinden geführt hatte, irgendetwas beweinen, sie verstand es selbst nicht richtig, und das beängstigte sie. Mehr noch als Berkanes Fehlen (damit hatte sie sich in den letzten beiden Jahren abgefunden, sie hatte regelmäßig mit ihm telefoniert, er rief seltener an) – nein, sie wollte nicht beweinen, dass er ihr fehlte, was sie plötzlich quälte, war, dass ihr Berkane genommen wurde – der bittere Grund ihres gegenwärtigen Leidens, ja, das war der völlige Verlust Berkanes (auch mit seinen Wurzeln, mitsamt seiner Muttersprache, dem dunklen Grund seines Wesens, der zu dem zerstreuten, aber charmanten Berkane dazugehörte, den sie gekannt hatte). Er hatte zu sich selbst gefunden, sodass er endlich anfing, zu schreiben und damit seinen Traum zu verwirklichen, und dafür war er seltsamerweise ihr selbst dankbar. Sein Tagebuch hingegen sprach, wenn auch in verhüllten Worten, von seiner Leidenschaft für N., die Unbekannte, die Rivalin, die Passantin, gewiss eine Piratenfrau mit Abenteuern in jedem Hafen, eine »Männermordende«, wie es bei Frauen aus dem Orient häufig anzutreffen war, wenn sie einmal den ersten Schritt getan hatten. Wenn sie zu Überläuferinnen geworden waren, mit dem Clan ihrer Männer, ihren Brüdern und Cousins gebrochen hatten und nun ihre Beute anderswo suchten …

Das war der schmerzende Knoten – ohne wirklichen Grund, sondern undeutlich, zwiespältig –, den sie von ihrer Reise nach Algier mitbrachte: die Entdeckung, dass Berkane zur Beute (sie wusste, dieses Bild war hochtrabend) dieser Frau geworden war, von N., mit der er offenbar nur zwei oder drei Nächte verbracht hatte …

Mit der unerwarteten Bitterkeit, die sie angesichts dieser Tatsache empfand (ein wenig wie eine Ehefrau beim plötzlichen Tod ihres Gatten entdeckt, dass er eine jüngere oder inniger geliebte Mätresse hatte), verspürte sie auch im Nachhinein eine Art Schmerz über diesen »Verrat« ... Nein, das war übertrieben, sie wusste es. Da sie seit mindestens einer Saison nicht mehr Theater gespielt hatte, schuf sie sich offenbar ihr eigenes Melodram ... Quatsch! Sie beendete ihr Wehklagen und riss sich zusammen.

Als Erstes wollte sie dem wartenden Thomas ihr Jawort geben. Er würde nicht lange warten, auch wenn er sie sehr begehrte. Denn er kannte seinen eigenen Wert, außerdem war er sich seiner Stellung bewusst. Gerade gewann er Bedeutung innerhalb eines exklusiven Milieus von Literaten und einer anspruchsvollen Gruppe von Theaterautoren, die im Ruf standen, schwierige Stücke zu schreiben.

Marise würde Thomas zusagen: Am Ende war dies auch eine Form, sich von Berkane zu verabschieden.

2

Seit Berkanes Verschwinden waren die Wochen vergangen. Noch immer nichts, keine Leiche, keine Spur von seinen Entführern. Driss rief Marise regelmäßig an. Er bekannte, dass er wie sein Chef nun versteckt lebte, sich verkleidete und manchmal völlig verkroch. Die Jagd nach Französisch sprechenden Intellektuellen hatte sich noch verschärft.

In den Monaten September und Oktober schwoll der Exilantenstrom an: an ihrer Spitze Journalisten, auch Schriftsteller (sogar ein oder zwei, die zuvor verkündet hatten, sie schrieben jetzt nur noch in Arabisch ... Das hätte Berkane nie getan, dachte Marise bei sich, er brauchte seine beiden Sprachen so sehr!), Lehrer, Ärzte. Schauspielerinnen und Raï-Sängerinnen flohen ebenfalls. Sie waren voller Groll, wenn sie, weinend und lachend zugleich wie kleine Mädchen, von den Verfolgungen und letzten Angst einflößenden Erlebnissen in Algier erzählten ...

Die Morde wurden immer zahlreicher, zu fast allen gab es Bekennerbriefe. Als befände Berkane mit seinem stummen Verschwinden sich im Kern, tief drinnen im Zentrum dieser Wirren, dieses Wahnsinns. Ausgerechnet er, der Einzelgänger!

Im Oktober, als über dreißig Schauspieler in der Cartoucherie in einem östlichen Vorort von Paris Zuflucht fanden und Marise sich im Gedenken an Berkane regelmäßig an den Solidaritätsdemonstrationen beteiligte, beschlossen einige Künstler, ihr gegenwärtiges Leben als Verfolgte in einer Montage von Prosatexten und Gedichten zu »spielen« ... Ein bekannter Komiker brachte die Zuschauer mit der Darstellung der verzweifelten Situation der Jugendlichen in Algier zum Lachen und verwendete dabei ein sehr eigentümliches Französisch. Marise ging zu seiner Vorführung, und obwohl

sie eher an Kabarett erinnerte als an das ernstere oder
gar tragische Repertoire, für das sie selbst empfänglich
war, lachte Marise manchmal, wenn die Zuschauer
um sie herum lachten, wurde selbst zur Zuschauerin
und ließ sich anstecken, aber zumeist weinte sie. Weinte
um Berkane, denn etwas in der Stimme des Komikers
erinnerte sie fast auf intime Weise an ihren verschwundenen Geliebten.

Ende November 93 verließen Französisch sprechen-
de Algerier beiderlei Geschlechts und aus den verschiedensten Berufen (Journalisten, Lehrer, Gewerkschafter,
Ärzte …) in Scharen ihr Land in Richtung Frankreich
oder auch Québec. Fast wie die andalusischen Moris-
ken und die Juden von Grenada, die nach 1492 in regel-
mäßigen Wellen während des ganzen folgenden Jahrhunderts ihr Land verlassen hatten, mit einem letzten
Blick ans spanische Ufer, um sich – dank der damals
gängigen arabischen Sprache – zunächst in Tétouan,
Fès, Tlemcen und entlang der ganzen maghrebinischen
Küste niederzulassen. Nachdem das Arabische anschließend aus dem Spanien der katholischen Könige
verschwunden war – sie wurden durch die Inquisition
dabei tatkräftig unterstützt –, sollte also nun die französische Sprache von »dort drüben« verschwinden?

Marise sprach »dort drüben« laut aus. Wie sie hörte,
dass sie mit sich selbst redete, allein ihren Gedanken
nachhing, begann sie lange zu schluchzen, ein letztes
Mal. Und dann …

Nun, danach fiel es ihr leichter, sich manchmal von

den anschwellenden Fluten ihres Schmerzes forttragen zu lassen und sich zuweilen auch mit einem brutalen Entschluss von ihm zu lösen – als risse sie sich eine Haut ab und betrachtete sie mit kalten, klaren, grausamen Augen. Eines Tages beschloss sie, diese Haut für immer abzustreifen, als befände sich stets, wo immer sie sich aufhielt, um sie herum ein unsichtbares Publikum, das bereit war, sie zu unterstützen.

»›Geben Sie mir eine andere Haut!‹, ächzte der König.«

Sie deklamierte plötzlich diese Zeile – es war viele Jahre her, bei welcher Gedichtrezitation in ihrer Jugend hatte sie damit vor einer ersten Zuhörerschaft brilliert?

Das Gedicht hatte sie vergessen, sie erinnerte sich nicht einmal mehr an den Verfasser, damals kannte sie Berkane noch nicht, sie debütierte eben. Das Gedächtnis lieferte ihr noch ein weiteres Bruchstück:

»Nehmt meine Sprüche, meine Worte,
die ich ausspucke, und die schönsten …«

Sie wusste nicht weiter, sie weinte erneut, da sie plötzlich daran denken musste, dass Berkane wegen seiner französischen Sprache verschwunden war. »Meine Worte, die ich ausspucke«, skandierte sie, wütend gegen sich selbst: Denn sie und Berkane waren vereint gewesen durch dieselben Töne, die Musik derselben Worte, wenn sie sie über die Rampe schleuderte. Doch er, lag er nur wegen dieser Worte nun für immer in der Grube?

Nach mehreren Anfällen tiefer Verzweiflung nahm sie so stufenweise »Abschied von ihrem Schmerz«, ohne jede Deklamation, auch wenn sie manchmal am Morgen auf Baudelaires Spuren wandelte:

»Gemach, mein Schmerz, und rege du dich minder.«

Berkane hatte übrigens recht schnell herausgefunden, dass sie nicht das französische Repertoire am besten spielte (weder Marivaux, noch weniger freilich Hugo, am wenigsten Claudel!), vielleicht eher noch die Zeitgenossen. Am besten war sie bei den Russen, seinen Lieblingsautoren, mit ihrer Melancholie, die zwischen den Worten hervorperlte, in den Sprechpausen, und die in einem undeutlichen Rhythmus auch den Körper modellierten, die Gesten und die Brechungen der Stimme. Die Stimme durfte dabei nicht ziehen, nein, auch nicht jammern, bloß nicht, sie sollte eher dahinplätschern, aber tief drinnen ...

Berkane und die Russen, seine Leidenschaft für Tschechow. Ach, wenn er da wäre, wenn er doch wieder zurückgekommen wäre, wie derzeit die Flüchtlinge aus seinem Land, dann hätte sie ihm gesagt (hier beflügelte sich Marise' Fantasie):

»Jetzt bist du kein Migrant mehr, sondern ein Flüchtling!«

»Ein Flüchtling ohne Aufenthaltserlaubnis«, hätte er geantwortet, falls er bereit gewesen wäre, zurückzukommen ...

»Warum ohne Erlaubnis?«, hätte sie eingewandt.

»Ganz einfach, du heiratest mich, oder ich heirate dich,

wie du willst. Du brauchtest nur zu schreiben, lebtest in irgendeinem Dorf in der Provence, es würde sich an deinem jetzigen Leben nichts ändern, denn die Landschaft ist die gleiche. Hast du mir nicht die Geschichte so vieler ›Korsaren von Algier‹ erzählt, die tatsächlich aus Venedig, Kalabrien, Korsika stammten, die Spur ihrer Herkunft ist sogar bis in ihre muslimischen Namen zu verfolgen! Du würdest dies einfach umkehren, du kommst zu uns und kennzeichnest deinen Namen mit irgendetwas aus der Kasba, in der du geboren wurdest … Einem Straßennamen zum Beispiel!«

Aber Berkane würde nicht antworten … Er würde nicht mitspielen bei dem Spiel einer Frau, die halluzinierte wie eine Halbverrückte, wenn Thomas sie allein ließ – jetzt, nachdem sie ihm »Ja« gesagt hatte und bald umziehen, bei ihm einziehen würde. Er wollte sie »jede Nacht bei sich haben«, wie er bestimmte, »keine Halbheiten!«.

Daher spielte sie sich zum letzten Mal ihr Theater vor, in ihrem Wohnzimmer, eigentlich sollte sie damit anfangen, ihren Krimskrams einzupacken, ihre Parfums, ihre Bücher, rare Ausgaben der Texte, die sie interpretiert hatte, ihre Alben mit Bühnenfotografien – eines pro Jahr, es waren über ein Dutzend.

Die Totenklage ihres Schmerzes würde wohl allmählich erlöschen, wie Glut in der Asche oder wie vergrabene Sonnen, doch jetzt brach sie stets an der gleichen Stelle ab: beim Bild oder beim fehlenden Bild von Berkane. Noch immer gab es keine Nachricht von ihm, er war die Geisel von Niemand, das Opfer von gesichtslosen Unbekannten, es blieb von Berkane nur noch ein starrer Blick, nicht sein Körper, seine nackte Brust, seine Arme, die sie umschlossen, seine langen Beine (sie hatte ihn zuerst wegen seiner Beine begehrt), auch nicht sein Lachen oder vielmehr sein halbes Lachen, das Sätze immer unvollendet in der Luft hängen ließ!

Wie in einem Blitz glaubte Marise, im Laufe dieser letzten Krise, beim Wort »unvollendet«, etwas gefunden zu haben.

»Berkane, mein Berkane, auch dein Tod ist unvollendet! Sie haben dich vielleicht gekidnappt, gefoltert, wie einst, dich, den Sohn eines *Chaouia*, mit dem Starrsinn, den du in ›Jugendjahre‹ beschreibst. Sie haben dich also verschleppt, nicht begraben, ich weiß es, in diesem Moment unterwerfen sie dich einer ihrer Foltermethoden. – Du hast mir erzählt, wie sie im 16. Jahrhundert in der Kasba angewandt wurden, zur Zeit unseres Königs Heinrich IV., des ›Guten‹, der ebenfalls ermordet wurde …

Du nicht!

Du lebst.

Unvollendet, aber am Leben.«

Sie hörte auf zu weinen. Sie würde bald umziehen, sie würde sich mit Thomas lieben, in seinem Bett, in seinem Zimmer, das zuvor das Schlafzimmer seiner Eltern gewesen war!

Marise sollte besser schweigen. Von nun an würde sie nicht mehr über Berkane reden. Sich verschließen, abhärten, nicht vergessen …

Die Rolle der Mathilde nahm Marise sofort an, das Stück *Rückkehr in die Wüste* von Bernard-Marie Koltès wurde wieder aufgenommen, einem Autor, der vier Jahre zuvor allzu früh verstorben war.

Schon in der ersten Probe, wenn Mathilde nach ihrer Rückkehr aus Algerien vor ihrem Bruder klagt (oder brüllt): »In Algerien bin ich eine Fremde, und ich träume von Frankreich; in Frankreich bin ich noch fremder, und ich träume von Algier. Ist die Heimat der Ort, wo man nicht ist?«, schon da spürte Marise, dass sie Berkane fortan unter dem Licht der Scheinwerfer in sich tragen müsse: als wäre sie sein Grab aus Licht. Denn sie hatte ihn zwei Jahre zuvor dazu gedrängt, ins Land seiner Väter zurückzugehen! Zu einer Rückkehr in ein dunkles Land!

Nein, dachte sie, während sie sich vom Regisseur dirigieren ließ, der sie ständig daran erinnerte: »Achten Sie darauf, Koltès dachte sich das Stück als Komödie!« Egal! Auf dem Leib von Mathilde vielleicht, der Figur, aber im Innern von Marise auf der Bühne kehrte das Gespenst von Berkane zurück, um von seiner Freundin Besitz zu nehmen: Er war lebendig und abwesend, schrieb und blieb stumm, sie verbarg ihn und schöpfte doch aus ihm neue Kraft.

Nachdem sich Marise eine ganze Saison lang scheinbar der Figur dieser französischstämmigen Algerierin unterworfen hatte, die vielleicht sogar in der Marengo-Straße wohnte, ganz nah bei Berkanes Kasba, spürte die Schauspielerin, wie sie durch dies heimliche Zusammenleben mit dem Verschwundenen verwandelt war.

Sie trug ihn also in sich, ihren Freund der zehn vergangenen Jahre, der Zeit ihrer Jugend, die langsam dahinschwand! Fortan würde bei jeder ihrer Rollen in ihrem Körper ein unsichtbares Schwert stecken, das sie gerade hielt. Jeden Abend würde sie auf der Bühne aus Berkanes Fehlen Kraft schöpfen, aus der heimlichen Präsenz Berkanes. Würde er für immer ein »Vermisster« bleiben, nein, sie würden seine leiblichen Überreste finden. Vielleicht auch nur seinen Kopf, dann würde sich an ihm die Geschichte vom König der Kasba wiederholen, von Hassan Corso, einem der beliebtesten Könige von einst, dessen Kopf an der Galgenstange am Tor Bab Azzoun aufgehängt wurde. Berkane hatte ihr erzählt, dass dieser Kopf jeden, der vorbeikam, um hineinzugehen, anflehte, er möge ihn losbinden und damit dem König wieder Einlass gewährte.

Hinter der Bühne, kurz bevor sie auf der Szene erschien, geschah es noch manchmal, dass sie weinte. Sie musste daran denken, dass, wenn sie zu spielen begann, Berkane vielleicht im gleichen Moment in einer Höhle der Kabylei noch am Leben wäre, aber unter der Folter! …

Nach ihrem Auftritt fand sie sich fern vom Beifall in ihrer Garderobe wieder, mit neuer Kraft als gefeierte Schauspielerin, zugleich aber auch als heimlich trauernde

Witwe. Sie sah nun Berkanes Kopf am Galgen vor einem der alten Tore der Kasba. »Binde mich los, mir ist kalt!«, flehte Berkane. »Gewiss, ich bin tot, aber ich möchte wenigstens in die Stadt hinein, in mein Viertel!«

Meine »*houma*«, wie er sagte. Es war das einzige arabische Wort, das Marise aussprechen konnte: *houma!* Sie hatte gelernt, das h richtig zu hauchen. Sie konnte sogar ausrufen: »*Ya ouled el houma!*«, genau wie Berkane zu sagen pflegte. Wie er es bei seiner Rückkehr aussprechen würde: »O Kinder meines Viertels!«

Marise trocknete ihre Tränen, während sie ihr Gesicht aufmerksam im Spiegel betrachtete:

»Dieses Gesicht wird altern! Egal, auf der Bühne gibt es Schminke und Beleuchtung … Ach Berkane!«

Nach der letzten Aufführung von *Rückkehr in die Wüste* zog Marie, noch etwas melancholisch, aber fast selbstgewiss, endgültig bei Thomas ein.

Nadjia

Dezember 1993

Lieber Berkane,

ich schreibe Dir aus Padua ... Schon zwei Jahre sind vergangen, seit wir uns begegnet sind, und doch kommt es mir vor wie gestern ...

Kann sein, dass dieser Brief lang wird, mein Freund ... Ich möchte Dir berichten, was aus meinem Leben wurde, fern von der Katastrophe, die sich über unserem Land zusammenbraut.

Bis dahin (das heißt, bis wir uns begegnet sind) war ich immer »unterwegs« gewesen. Ich wollte Länder kennen lernen oder nur Städte, auch Landschaften und Menschen, mit denen ich oft nicht einmal die Sprache gemeinsam hatte und noch viel weniger die Erinnerung. Am Ende wurde mir klar – es ist noch nicht lange her –, dass dies von meinem unbändigen Wunsch herrührte, mir überall zu bestätigen, dass ich mein eigenes Land vergaß! Meine Großmutter ist gestorben, mein Vater und meine Mutter müssen noch zwei Kinder »aus dem Gröbsten herausbekommen«, wie sie es ausdrücken (Studium, Zukunft sichern etc.).

Was wird also aus mir, Berkane: eine Exilantin? So häufig wird behauptet, das Exil sei traurig, aber meines ist es nicht! – Ich bin eine Flüchtige, doch wo ist mein Ausgangsort? Eine Heimatlose, obwohl ich zwei Pässe besitze und drei Sprachen spreche, als hätte ich mir ein für alle Mal gesagt: »Immer geradeaus!« Doch ich weiß, es ist keine Flucht: Ich vergesse, oder vielmehr, ich will vergessen, und deshalb bleibe ich in Bewegung, ziehe um, gehe auf Irrfahrt von einem Ufer zum anderen (im Alltag brauche ich nicht viel), so geht das immer weiter. Ich erzähle Dir das, denn nachdem wir uns kennen lernten (diesen Ausdruck verstehe ich in seinem starken Sinne), fuhr ich zu meinem italienischen Freund nach Alexandria. Ich übersetzte dort einen Dichter, der in der ruhmreichen Stadt gebürtig ist, Ungaretti. Anschließend sollte ich in Beirut leben, für mich eine völlig kaputte Stadt …

Einige Zeit konnte ich nicht anders, als mir ständig Fragen über Dich zu stellen: Warum hattest Du Dich zur Rückkehr entschlossen? Ich fürchte nicht etwa, von Deinem Wunsch angesteckt zu werden, rein gar nicht! … Hinter dieser dauernden Frage steckte vielleicht das Bedürfnis, an Dich zu denken, das ich vor mir selbst verbergen wollte. Nachdem ich dies irgendwann herausgefunden hatte, handelte ich ausnahmsweise einmal logisch.

Als Erstes sagte ich meinem italienischen Freund

Adieu. Erst da begriff ich, dass es im Grunde Italien war, was ich in ihm liebte. Ich habe mich langsam von ihm gelöst, ich versprach ihm aufrichtig, dass ich ihn fortan als echten Bruder schätzen würde. Das verdient er wirklich, denn er war zärtlich, aufmerksam und, was mit mir nicht einfach ist, geduldig im alltäglichen Zusammenleben!

Kurzum, ich ging fort, adieu Ägypten und auch kein Abstecher über Beirut, geradewegs nach Italien und zugleich dem Orient, deshalb lebe ich jetzt nicht in Venedig, sondern in Padua, von wo ich Dir schreibe.

In dieser Stadt habe ich schon seit vielen Jahren eine Gruppe von vier, fünf Frauen, Freundinnen, die solidarisch und für mich exemplarisch sind. Bisher hatte ich sie einmal im Jahr zu gemeinsamen Ferien getroffen, wir trieben zumeist Sport, was mir neuen Schwung gab.

Ach, lieber Berkane, wie wohl tut die Freundschaft zwischen Frauen, wenn sie unabhängig und warmherzig sind … und zumeist frei von Verpflichtungen der Familie und der Mutterschaft! Nicht, dass ich Kinder nicht liebte! Ich will Dir etwas gestehen, da Du so fern bist: Nachdem ich Dich verlassen hatte, verlebte ich einige ziemlich schwere Tage (der Abschied von Deinem Dorf kam mir vor wie ein Herausgerissenwerden); als ich mich so schlecht fühlte – dabei wollte ich Dich vergessen –, erlebte ich etwas ganz Neues.

Ich musste häufig weinen, jeden Morgen, wenn ich aufwachte, weinte ich, weißt Du warum? Ach, wenn ich nur ein Kind haben könnte von diesem Mann!, sagte ich mir. Hätte ich mich meiner Mutter anvertraut, sie hätte bestimmt gesagt:

»Endlich will meine älteste Tochter eine normale Frau werden!«

2

Am nächsten Morgen, ich setze meinen Brief und meinen Bericht fort:

Zurück zu Padua. Es genügte, dass ich meinen Freundinnen ein Telegramm schickte, in dem ich ihnen meine Ankunft ankündigte – ihre Gruppe ist kulturpolitisch engagiert, außerdem planen sie ständig altruistische Projekte. Ich erklärte, dass ich studieren und mich daher für das nächste Semester an der Universität einschreiben wollte. Sie zählt zu den ältesten Europas und, was mich mit Stolz erfüllt, auch zu denen, die das Erbe Andalusiens Frucht bringend weiterführen.

Meine Übersetzungen aus dem Arabischen und dem Italienischen erlauben es mir, mich dem Studium der Geschichte und Philosophie zu widmen und mich voller Lernbegierde endlich in die Renaissance zu vertiefen! In meinem Feuereifer brachte ich eine französischsprachige Freundin in Kairo dazu, mir *Das Lob der Torheit* von Erasmus zu schenken. Ich stieg ins Flugzeug, eigentlich sollte es in Venedig landen. Claudia und Anna hatten vor, mit dem Auto von Padua zu kommen, um mich abzuholen.

Während des ganzen Flugs war ich in die Lektüre von Erasmus' Werk vertieft. Außerdem wusste ich, dass er zu Beginn des 16. Jahrhunderts hier in dieser Stadt gelebt hat. Als würde der große Mann, ein Schatten, den nur ich wahrnehme, mich bei der Landung begrüßen! Etwa mit dem Satz: »Du bist hier zu Hause, hier sind deine Vorfahren!«

Ich las und las, ich nahm mir vor, das Buch zu Ende zu lesen, bevor ich mein neues Leben begänne! Denn ich wollte mein Leben ändern. Ich wollte eine Gelehrte werden. Jetzt, Mitte dreißig, beginnen und mir fünf Jahre Zeit geben! Warum nicht? Ich ließ Algerien, Ägypten, meinen »Freund« hinter mir, der für mich wie ein Bruder geworden war, und auch Dich, den ich nicht vergessen kann, dort in Deinem Dorf …

Doch während dieses Rauschs, den die Lektüre meiner Neuentdeckung begleitete, drehte die Erde sich weiter: In Venetien gibt es im Winter häufig viel Nebel. Schon kündigte der Pilot an, dass das Flugzeug nicht wie geplant in Venedig landen könne, dass er bis Triest fliegen müsse. Dies wurde erst kurz vor der Landung bekannt gegeben. Ich war zerstreut, erfüllt von meinem Buch und meinen Träumen.

Wir kamen an, verließen das Flugzeug. Ich ging leichten Herzens hinaus, sah schon mein neues Leben vor mir! Meine Freundinnen traf ich nicht, egal, ich werde auf sie warten, dachte ich. Ich hatte Geduld und wie gewöhnlich nur wenig Gepäck bei mir.

Ohne auf die anderen Reisenden zu achten, setzte ich

mich auf eine Bank und beendete endlich das letzte Kapitel von *Lob der Torheit*. In meinem Fall müsste es wohl »Lob der ... Kopflosigkeit« heißen!

Nachdem ich das Buch ausgelesen hatte, stellte ich für mich ein richtiges Programm auf. Einer Anmerkung hatte ich entnommen, dass Erasmus zeit seines Lebens 3140 Briefe geschrieben hat, die alle geordnet und archiviert, einige sogar auf Französisch geschrieben sind. Mit denen würde ich beginnen. Es erwartete mich an der Universität viel Arbeit!

Erasmus in Padua. Welch ein Zufall, genau zur gleichen Zeit ließen sich die Brüder Barberousse in Algier nieder. Zuerst Aroudj, der den kabylischen König Selim et Toumi im Bad erdrosseln ließ, und danach sein Bruder Kheireddin, dem es gelang, die Spanier von der Bastion Algiers zu vertreiben. So begann die gewaltvolle und ruhmreiche Geschichte der Könige von Algier ...

Endlich stand ich auf. Ich hatte nicht bemerkt, wie viel Zeit vergangen war, aber ich wollte mich erkundigen. Ich dachte, vielleicht hatten meine Freundinnen unterwegs eine Panne und mir bereits eine Nachricht hinterlassen!

Am Informationsschalter fand ich heraus, dass ich im Flughafen von Triest war und nicht in Venedig! Ein erster Bus hatte die anderen Reisenden bereits mitgenommen. – Nicht schlimm!, dachte ich. Dann nehme ich eben den nächsten! – und ich bat, man solle anrufen, um Claudia und Anna zu benachrichtigen.

Immer noch leichten Herzens verzieh ich mir meine

Zerstreutheit. Ich lächelte ein wenig Erasmus zu, der mich in Gedanken berührte, und schon saß ich im zweiten Bus. Eine Stunde lang reiste ich tief in dieser Winternacht mit der Fußballnationalmannschaft, die offenbar siegreich aus Moskau zurückgekehrt war. Sie sangen während der ganzen Fahrt wie Schuljungen. Große Kinder!, dachte ich herablassend.

Wie Du siehst, Berkane, mache ich Dir einen kleinen lustigen Roman aus der Geschichte meiner Wiederbegegnung mit Italien.

Ich umarmte meine beiden Freundinnen, die schon sehr besorgt waren. Der Nebel sollte uns noch länger aufhalten, denn als wir in die Umgebung von Padua gelangten, sah Anna am Steuer überhaupt nichts mehr. Wir drehten uns lange im Kreis wie orientierungslose Fremde. Endlich löste sich die Suppe auf. Meine Freude darüber, die Freundinnen wiederzutreffen, Italien und außerdem ein neues Leben, konnte nichts trüben!

Um das Ganze zusammenzufassen: Bei meiner Ankunft in Venetien erwartete mich dichter Nebel, aber ich habe in mir nie klarer gesehen – voller Hoffnung, Leichtherzigkeit und Lerneifer – als inmitten dieses Nebels von Padua!

Dann, um drei Uhr morgens, während ich mich in dem Zimmer, das ich bewohnen würde, zum Schlafen legte, nahm ich mir endlich vor, Dir zu schreiben, offen mit Dir zu sprechen, Dir zu sagen, dass ich Dich nicht vergessen habe.

Antworte mir, Berkane, Du musst mir antworten. Ich

bin sicher, ich werde Dich auch in Padua nicht vergessen! Ich lege Dir eine Kopie des *Briefs über die Träume* von Erasmus bei – wieder von ihm! Ein Brief, den er an zwei englische Studenten schrieb – aber auf Französisch. Ich habe zwei, drei Sätze unterstrichen, die Dir als Ratschlag für heute dienen könnten. Wenn Du Dich nicht mehr in Sicherheit fühlst (die Nachrichten über die derzeitigen Zustände in Algerien habe ich in der arabischen Tageszeitung von Kairo, *El Ahram*, gelesen), komm nach Padua!

Meine Freundinnen haben bereits ein »Empfangskomitee« für gefährdete Schriftsteller und Journalisten gegründet. Antworte mir, ich habe meine Adresse und Telefonnummer auch an Driss geschickt, für Dich!

Ich denke sehr viel an Dich,

Nadjia

3

Driss öffnet den an Berkane adressierten Brief nicht. Nadjia hat auch ein paar freundliche Zeilen an ihn gerichtet, auf einem einmal gefalteten Blatt, zusammen mit einer getippten Kopie des *Briefs über die Träume* von Erasmus von Rotterdam. Er hatte ihn von Padua im Jahre 1508 an Thomas Grey und seinen Bruder geschrieben, die beide in Leuven studierten.

Nadjia hatte mehrere Sätze rot unterstrichen. Driss liest sie zuerst:

1. – »Hör auf, umherzuschweifen, und komm zu meinen Träumen zurück!«

2. – »In Padua traf vor drei oder vier Wintern ein Pole ein; man erzählt mir von ihm als einem gelehrten Mann, einem Kenner des Himmels.«

3. – »Ich spreche nicht vom Himmel der Engel ...«

Am dicksten ist folgender Satz unterstrichen:

4. – »Jener, der sucht, und noch mehr jener, der etwas findet, muss sich sehr hüten vor den großen Dummköpfen mit Hut ...«

Mit der gleichen roten Tinte hatte Nadjia eigene Notizen hinzugefügt. Für Berkane oder für mich, für sie selbst?, fragte sich Driss.

»Die Erde ist nicht das Zentrum der Welt: Diese Erkenntnis übermittelt der Pole Nikolaus Kopernikus an Erasmus von Rotterdam, der nun jene bittet, die ›suchen und finden‹, sich vor den Dummköpfen zu hüten!«

»Lebt im Geheimen!«, rät Erasmus seinen Schülern.

Wenn die Erde tatsächlich nicht das »Zentrum der Welt« ist, so ist unser Land nur ein Korridor, ein winziger Durchgang zwischen dem verlorenen Andalusien und allem, was sonst noch möglich ist!

O Berkane, o Driss, warum kommt Ihr nicht beide nach Padua! Hier lebt es sich im Geheimen recht angenehm!

Nadjia

Driss fühlt sich in seiner provisorischen Unterkunft plötzlich müde, nie zu wissen, wo er in der nächsten Nacht schlafen soll.

Er wird auch Nadjia anrufen müssen, ihr das Verschwinden Berkanes mitteilen, die Nachricht ist soeben veröffentlicht worden. Driss schreibt übrigens keine Artikel mehr. Viele werden denken, dass er sich dem Exodus der Intellektuellen angeschlossen hat.

Dieses Leben im Untergrund, das häufige Eingesperrtsein, fällt ihm allmählich schwer, zweieinhalb Monate sind lang! Er muss hinaus, mit den Augen das Morgenlicht aufsaugen, zu jeder Zeit den Meereshorizont finden, aber es widerstrebt ihm, deswegen sein Aussehen zu verändern. Er hat sich die Haare ganz kurz geschnitten und trägt wieder die Blousons, wie als er zwanzig war.

»Das reicht!«, seufzt er. Er spielt mit dem Gedanken, zum Dorf Douaouda zu fahren und sogar – warum nicht? – wieder in die Wohnung seines Bruders zu ziehen. Wie um auf Berkanes Rückkehr zu warten. Der Direktor der Zeitung hat ihm von diesem Plan heftig abgeraten: »Dann ist es besser, wegzugehen wie die anderen!«, war seine Meinung.

Und in sanfterem Ton versprach er: »Deine wöchentliche Seite kannst du im nächsten Monat wieder aufnehmen!«

Schlaflosigkeit lässt Driss mit einem Ruck aufschrecken, er geht hinaus, um einen Schluck zu trinken. Im Spiegel betrachtet er unbeteiligt sein mageres Antlitz,

»eine ideale Zielscheibe für die Bärtigen!«. Er verzieht das Gesicht und denkt bitter, er hätte sich lieber den Bart wachsen lassen sollen, um auszusehen wie »sie«.

Er spottet über sein Spiegelbild:

Nächtliche Konfrontation mit einem Verfolgten! Es gibt zwei Möglichkeiten, um in dieser »Stadt der Stürme«, wie Berkane sagen würde, die Bewegungsfreiheit wiederzuerlangen: zum Bärtigen zu werden mit der heuchlerischen Miene eines Tiefgläubigen, das könnte ich nie. Oder aber mich von Kopf bis Fuß mit einem Tschador zu verhüllen und so zu gehen, wie eine Frau sich durch die Stadt bewegt! Au weia …

In dem Moment erfüllt das Bild von Nadjia den Raum – wie er sie bei jenem ersten Mal zu Berkane brachte. Er erinnert sich an die vielen Dokumente, die er in zwei Paketen Marise mitgegeben hatte, damit wenigstens das alles in Paris in Sicherheit wäre!

In Berkanes Zimmer waren damals zwei aneinander gehefteten Blätter aus dem unordentlichen Stapel herausgefallen. Als er sie aufhob, hatte er unabsichtlich den Titel gelesen: *Stanzen für Nadjia*. Ohne nachzudenken, hatte er die beiden Blätter gefaltet und sie nach kurzem Zögern in einer Schublade unter Taschentücher und Bettwäsche versenkt. Er hatte aus Respekt vor seinem Bruder nicht nur nichts lesen wollen (sogar große Brüder blieben manchmal verträumte kleine Jungen!), sondern, unbewusst, vor allem Marise schonen wollen, die bei ihrem Aufenthalt in Algier wirklich untröstlich gewesen war.

Wenn er nun ebenfalls in Douaouda lebte, so nahm Driss sich vor, wollte er, nachdem er die Hoffnung bezüglich Berkane aufgegeben hatte, endlich diese Seiten lesen, die offenbar in Form eines Gedichts abgefasst waren. Er wollte sie auch endlich an Nadjia schicken: Sie gehörten ihr. Vielleicht werde ich auf diese Weise dieses Rätsel um die Rückkehr meines Bruders lösen. Warum er in Einsamkeit schreiben wollte.

In seinem Zimmer, seinem Versteck, legt Driss sich wieder zu Bett. Er liest langsam den *Brief über die Träume* von Erasmus durch. Ganz schlaftrunken wiederholt er sich einen der von Nadjia unterstrichenen Sätze:

»Ich spreche nicht vom Himmel der Engel …«

Es waren Erasmus', vielleicht auch Nadjias Worte oder Berkanes, gesprochen von dem Ort aus, wo er sich befand. Murmelnd »vom Himmel, vom Himmel der Engel«, versank Driss endlich in der Nacht.

New York, 2003

Inhalt

Die Übersetzerin

Beate Thill wurde 1952 in Baden-Baden geboren und wuchs zweisprachig (Französisch und Deutsch) auf. Nach dem Studium der Anglistik und Geografie arbeitete sie als Redakteurin, seit 1983 ist sie als freischaffende literarische Übersetzerin und Dolmetscherin bei Filmfestivals, Funk und Fernsehen tätig.

Assia Djebar im Unionsverlag

Durst
Der erste Roman der Friedenspreisträgerin wurde über Nacht zur Sensation und steht am Anfang ihres literarischen Wegs.

Fantasia
Ein Roman wie ein Film, eine Autobiografie wie ein Geschichtsbuch. Berichte von der Eroberung Algeriens im 19. Jahrhundert vermischen sich mit Erinnerungen an eine Kindheit in der verschlossenen Welt der Frauen.

Frau ohne Begräbnis
Zoulikha ist eine außergewöhnliche und lebenslustige Frau, die einst Wand an Wand mit Assia Djebars Familie in Cherchell wohnte. In aller Stille knüpfte sie ein Netz des Widerstands gegen die französische Herrschaft.

Die Frauen von Algier
Nach dem Besuch in einem Harem malt Delacroix 1832 sein Meisterwerk »Frauen von Algier in ihrem Gemach«, das einen Blick in eine verbotene Welt wirft.

Nächte in Straßburg
»Diese wunderbaren Zeugnisse der Sinnlichkeit, die ihresgleichen in der zeitgenössischen Literatur suchen, schreibt Assia Djebar mit leichter Hand – hemmungslos, selbstbewusst und sehnsüchtig.« *Christiane Falksohn, Saarländischer Rundfunk*

Oran – Algerische Nacht
Frauen berichten von der alltägliche Gewalt im Algerien der Gegenwart, aber auch von den Brücken, die durch die Lebensgeschichten zwischen Europa und Nordafrika geschlagen werden.

Die Schattenkönigin
Isma und Hajila – zwei gegensätzliche Frauen des gleichen Mannes. Die eine, lange schweigsam und passiv, entschließt sich zur Flucht. Die andere verharrt in den Erinnerungen an die gemeinsamen Nächte voller Liebe und Lust.

Bestellen Sie unseren kostenlosen Verlagsprospekt:
Unionsverlag, CH-8027 Zürich, mail@unionsverlag.ch

Arabische Welt im Unionsverlag

Mahi Binebine

Am Strand von Tanger wartet ein Grüppchen Flüchtlinge eine end-los lange Nacht auf die Überfahrt nach Europa. »Ein Buch, das hin-ter die Agenturmeldungen über Flüchtlingsdramen und Asylstatisti-ken schauen lässt, mit Witz und Sinn für Situationskomik erzählt.«
Riehener Zeitung

Sahar Khalifa *Die Verheißung*

Ein Roman aus dem Herzen Palästinas und die Geschichte einer dreifachen Liebe: zwischen einer Christin und einem Muslim, zwi-schen den Generationen und zu der Stadt, die einst eine Hoffnung war – Jerusalem.

Nagib Machfus *Die Reise des Ibn Fattuma*

Machfus nimmt uns in diesem märchenhaften Roman mit in ferne, vergangene Welten, die erstaunlich gegenwärtig sind – und er zeigt uns, wie absurd es ist, in einer Ideologie sein Glück zu suchen.

Malika Mokeddem *Die blauen Menschen*

Leila, die am Rande der algerischen Wüste aufwächst, besucht als erste Frau ihres Clans die Universität. Die Tradition ihrer Vorfahren, der »blauen Menschen«, ist für sie der Auftrag, immer wieder neu aufzubrechen.

Selim Nassib *Stern des Orients*

Der Lebensroman der Sängerin Umm Kalsum
»Wenn sie die Stimme erhob, sank der Orient nieder, ergriffen bis ins Herz, in allen Sinnen bebend. Sie war des Volkes Stimme. Callas und Evita Perón in einem: die ägyptische Sängerin Umm Kalsum.«
Der Spiegel

Miral al-Tahawi *Die blaue Aubergine*

Die Studentin Nada versteht die Welt und ihren Körper nicht mehr. Sie verhüllt sich, versteckt sich unterm Kopftuch und sucht Zuflucht bei den religiösen Parolen der Islamisten. Aber weder in der Tradition noch in der Revolte findet sie eine Antwort auf ihre drängenden Fragen.

Bestellen Sie unseren kostenlosen Verlagsprospekt:
Unionsverlag, CH-8027 Zürich, mail@unionsverlag.ch